A FERA DOS MARES

SEVERINO RODRIGUES

ilustrações de BRUNO GOMES

© EDITORA DO BRASIL S.A., 2016
TODOS OS DIREITOS RESERVADOS
Texto © SEVERINO RODRIGUES
Ilustrações © BRUNO GOMES

Direção-geral: VICENTE TORTAMANO AVANSO
Direção adjunta: MARIA LUCIA KERR CAVALCANTE DE QUEIROZ

Direção editorial: CIBELE MENDES CURTO SANTOS
Gerência editorial: FELIPE RAMOS POLETTI
Supervisão de arte, editoração e produção digital: ADELAIDE CAROLINA CERUTTI
Supervisão de controle de processos editoriais: MARTA DIAS PORTERO
Supervisão de direitos autorais: MARILISA BERTOLONE MENDES
Supervisão de revisão: DORA HELENA FERES

Coordenação editorial: GILSANDRO VIEIRA SALES
Assistência editorial: PAULO FUZINELLI
Auxílio editorial: ALINE SÁ MARTINS
Coordenação de arte: MARIA APARECIDA ALVES
Design gráfico: CAROL OHASHI / OBÁ EDITORIAL
Coordenação de revisão: OTACILIO PALARETI
Revisão: ANDRÉIA ANDRADE
Coordenação de editoração eletrônica: ABDONILDO JOSÉ DE LIMA SANTOS
Editoração eletrônica: SÉRGIO ROCHA
Coordenação de produção CPE: LEILA P. JUNGSTEDT
Controle de processos editoriais: BRUNA ALVES

Dados Internacionais de Catalogação na Publicação (CIP)
(Câmara Brasileira do Livro, SP, Brasil)

Rodrigues, Severino
  A fera dos mares / Severino Rodrigues; ilustrações de Bruno Gomes. – São Paulo: Editora do Brasil, 2016. – (Série toda prosa)
  ISBN 978-85-10-06326-5
  1. Ficção juvenil I. Gomes, Bruno. II. Título. III. Série.

16-04688   CDD-028.5

Índice para catálogo sistemático:
1. Ficção: Literatura juvenil   028.5

1ª edição / 4ª impressão, 2025
Impresso na Forma Certa Gráfica Digital

Avenida das Nações Unidas, 12901
Torre Oeste, 20º andar
São Paulo, SP – CEP: 04578-910
Fone: + 55 11 3226-0211
www.editoradobrasil.com.br

**ÀS FERAS DA FAMÍLIA:
VICTOR, VINICIUS, LUIDHE,
GETÚLIO, LAURINHA, NATAN,
RENAN E VICTOR HUGO.**

SUMÁRIO

A CRIATURA **7**

O DESLIGAMENTO **17**

A SOLUÇÃO **26**

A ALERGIA **35**

O MEDO **43**

A CONFISSÃO **53**

A ESPERANÇA **62**

A CAPTURA **74**

O SALVA-VIDAS **84**

A CONCLUSÃO **92**

O BURBURINHO COMEÇOU NA PRAIA. NÃO COMO UMA ONDA, MAS COMO UM VERDADEIRO TSUNAMI. NUM INSTANTE, COMERCIANTES, BANHISTAS E TURISTAS SE AGLOMERAVAM

A CRIATURA

O burburinho começou na praia. Não como uma onda, mas como um verdadeiro *tsunami*.

Num instante, comerciantes, banhistas e turistas se aglomeravam na orla, querendo compreender os boatos.

Dagmara, a dona da Sorvetes do Nordeste, ao escutar o menor comentário, saiu do estabelecimento tremendo toda. Era uma morena de quarenta anos, cabelos cacheados e muito bonita, mesmo sem qualquer vaidade.

Aos poucos, as informações desencontradas foram deixando todos eufóricos. E um falava mais alto do que o outro:

– Está nadando pela costa...

– É muito rápida e feroz...

– Quase atacou um banhista...

– Mais perigosa que qualquer tubarão...

Só esta fala bastava para Dagmara entrar em pânico. Desde que vira, quando criança, o filme *Tubarão*, do Steven Spielberg, a dona da sorveteria tremia de medo só de pensar em entrar no mar. Ficara traumatizada. E tudo que se referisse ao bicho tirava o sono.

– *Armaria!* Uma criatura misteriosa? – inquiriu, trêmula.

Os outros confirmaram. Ela engoliu seco. Mas, logo em seguida, uma ideia:

– Vamos à Corporação!

Todos concordaram imediatamente e começaram a se movimentar.

Sob a sombra de uma palmeira, Dr. Sousa-e-Silva acompanhava a tudo com um sorriso no rosto. O senhor baixo, gordo, de poucos fios brancos ainda sobre a cabeça e com a pele do rosto e dos braços manchada de sol se afastou, devagar. Era preciso seguir com o seu plano, que estava dando certo.

No laboratório, Athos arrumava a bagunça. De cabelos escuros, pele clara e sempre de óculos, o rapaz conseguira a vaga de estágio há seis meses. Mas, neste dia, enquanto tentava organizar os tubos de ensaio, os bicos de bunsen e o gerador de Van de Graff sobre uma mesa ao canto alguém irrompeu pela porta bruscamente.

Era Dr. Pereira. O cientista de estatura mediana, cabelos grisalhos, testa marcada pelas rugas e usando óculos de aros quadrados era a figura que o estagiário evitava encontrar nos corredores da corporação. Apesar de ele ser, infelizmente, seu novo supervisor.

Com o indicador, Athos quis ajeitar a armação de acetato azul de seus óculos, mas acabou derramando um pouco da substância do tubo que segurava.

– Athos! – bradou o cientista.

– Des-desculpe... – pediu o rapaz, procurando algum pedaço de papel ou um pano para limpar a sujeira.

– Levante-se! – ordenou Dr. Pereira. – Depois resolve isso...

Ao se erguer e aprumar os óculos, Athos teve uma surpresa. Duas loiras acompanhavam seu novo supervisor. Uma de cada lado. A da esquerda, com cabelos curtos e retos e a da direita, longos e ondulados. Nada contra ruivas, negras ou morenas, porém o rapaz tinha uma queda mesmo por loiras. Quase um *bunge jumping* sem a corda elástica.

– Estas são Isabela, à minha direita, e Linda, à minha esquerda – anunciou o cientista. – São as novas estagiárias da CPEM.

O estagiário de Ciências Biológicas conhecia bem a sigla da própria instituição: **C**orporação de **P**esquisas dos **E**cossistemas **M**arinhos. E agora estava muito ansioso para conhecer as novas colegas de laboratório. Com a saída do Dr. Sousa-e-Silva, aquele lugar andava monótono e ele se sentia sozinho. Mas esta novidade agora injetava entusiasmo na sua corrente sanguínea.

– Isabela é estudante de Engenharia Ambiental e Linda, de Oceanografia. Espero, francamente, que não atrapalhe a pesquisa das duas, ouviu?

Não, não! Athos, boquiaberto, não atrasaria o trabalho das novatas. Ao contrário, estava animado até a fazer o trabalho por elas se fosse o caso.

– Oi – falou Linda.

– Prazer – cumprimentou Isabela.

Para o jovem estagiário, os nomes daquelas duas conchas marinhas já se confundiam.

Junto aos comerciantes dos quiosques, alguns moradores da cidade e mais uns turistas, Dagmara formou um numeroso grupo. Assim que o semáforo dos carros fechou, todos atravessaram a Av. Beira-Mar rumo à CPEM.

– Mãe! Mãe!

Era Janaína, filha da dona da sorveteria, que chamava aflita. A moça de pele morena igual à da mãe e de cabelos tingidos de dourado corria entre as pessoas.

– O que foi, Jana?! – Dagmara perguntou, assustada por causa da aparição inesperada da filha.

– A criatura atacou um banhista! Não se fala em outra coisa na sorveteria!

Após interjeições, as vozes se altearam. Cada um mais curioso e, ao mesmo tempo, mais assustado que o outro para saber sobre a estranha criatura marinha.

– É verdade isso mesmo, filha? – quis confirmar a dona da Sorvetes do Nordeste.

– Parece que sim, mãe – respondeu Janaína, juntando os cabelos e dando uma volta neles para prendê-los por causa do vento. – Não vi, não. Mas foi o que um senhor chegou avisando...

– Obrigada, filha! Mas, volta logo pra sorveteria! Você não pode largá-la assim, Jana! Sobretudo, com essa confusão.

Dagmara retomou a liderança da aglomeração que rapidamente se dirigiu e se espalhou em frente à CPEM. A dona da sorveteria, então, coçou a garganta e iniciou o que logo se tornaria um coro:

– Queremos a verdade! Queremos a verdade!

Após a saída do Dr. Pereira do laboratório, a nova estagiária de cabelos curtos e retos indagou a Athos:

– Faz tempo que você estagia aqui?

– Sim, sim! Trabalhava com o Dr. Sousa-e-Silva, Linda...

– Eu que sou a Linda. E vê se não erra! – corrigiu a estagiária de cabelos longos e ondulados com leve arrogância na voz. – O que vocês pesquisavam?

– Bem... – Athos hesitou sem jeito.

– A gente está desenvolvendo um dessalinizador – contou Isabela com um sorriso. – E Dr. Pereira, que foi nosso professor na universidade, ao saber do nosso projeto, decidiu apoiar, conseguindo duas vagas de estágio aqui na CPEM.

– E você? O que faz? – insistiu Linda, secamente.

– No momento... – Athos hesistou mais uma vez. Linda era uma garota difícil. Isabela parecia bem mais tranquila. – Estou desenvolvendo campanhas de conscientização nas escolas...

– *Oxe*... – comentou Linda. – Essa é apenas uma das nossas atribuições. Na Corporação, devemos desenvolver um projeto inovador na nossa área – asseverou a novata.

– Na realidade... – continuou Athos, tentando se justificar.

– Como sou da Biologia Marinha, deveria procurar animais desconhecidos. No entanto, não estava avançando muito nas minhas investigações... E agora que mudou meu supervisor, nem sei mais o que vou fazer...

A conversa dos estagiários foi interrompida por vozes que entraram por uma janela aberta. Pouco a pouco, elas se tornaram nítidas, formando um coro:

– Queremos a verdade! Queremos a verdade!

Os três se entreolharam. Rapidamente, se aproximaram da janela e viram, embaixo, o alvoroço nas escadas da portaria da CPEM.

– O que está acontecendo? – perguntou o rapaz.

Linda deu de ombros.

Isabela, intrigada, também não respondeu.

Escutaram passos. O trio notou quando Dr. Pereira, seguido pelo Dr. Alberto Carvalho Jr., diretor executivo da Corporação, passou rápido pelo corredor.

– Vamos! – ordenou Linda à amiga e ao estagiário.

Athos foi, mas não perdeu o costume e derrubou um tubo de ensaio ao sair da sala.

Em frente à CPEM, Dagmara comandava a manifestação. Parte da Av. Beira-Mar fora tomada pelos manifestantes e por curiosos. Muitos se aproximavam para entender aquela confusão, que agora contava também com cartazes e faixas. Ninguém sabia ao certo quem trouxera e distribuíra aqueles materiais... Parece que um senhor... Mas as pessoas sabiam, ou melhor, viam um engarrafamento que começava a se formar a partir daquele ponto.

O coro prosseguia cada vez mais forte:

– Queremos a verdade! Queremos a verdade!

Num repente, a porta de vidro da Corporação se abriu e dela saiu Dr. Alberto Carvalho Jr. inquirindo:

– O que está havendo aqui?

O cientista alto, de cabelos escuros com alguns fios brancos, barba bem aparada e de óculos de armação retangular, usava roupas sociais por baixo do jaleco e franzia o semblante sem compreender o alarde a sua frente.

Muitas vozes quiseram explicar ao mesmo tempo e acabaram não explicando nada. A manifestação se tornou ainda mais confusa. As buzinas dos motoristas irritados com a situação também não ajudavam.

– Assim não adianta, não! – gritou o Dr. Pereira alterado.

– Que verdade? Que tipo de esclarecimentos vocês querem? – Ele também queria saber a que tudo aquilo se referia.

A dona da sorveteria pediu que seus companheiros se controlassem. Ela seria a porta-voz.

Aos poucos, todos foram concordando e se acalmando. Dagmara, então, pôde começar. Athos, Isabela e Linda chegaram a tempo de escutar:

– Queremos saber sobre essa estranha criatura marinha que está amedrontando a nossa praia!

– Ééééhh!!! – as pessoas gritaram, assobiaram e bateram palmas em apoio.

– Que criatura?! – Dr. Alberto Carvalho Jr. ergueu a voz para que fosse ouvido em meio ao barulho que crescia novamente.

Porém, os cinco ali, dois pesquisadores e três estagiários, não faziam a menor ideia sobre o que aquelas pessoas estavam falando.

– Ela está devorando nossos peixes!

– É mais forte e maior que qualquer tubarão!

– Está afugentando os turistas!

– Encontraram a carcaça de uma na praia!

– Já atacou um banhista!

E, em meio à balbúrdia, uma voz explicou:

– É a fera dos mares.

Todos os antigos integrantes da CPEM reconheceram a voz instantaneamente.

Em seguida, a aglomeração foi abrindo espaço para que Dr. Sousa-e-Silva avançasse.

– Antes que perguntem, essa criatura da qual vocês falam é exatamente uma mescla de mamífero com peixe. Algo desconhecido, inusitado. É pena, porém, que me expulsaram da Corporação antes que eu tivesse reunido provas suficientes da existência dela... – e lançou um olhar bravo para os doutores Pereira e Alberto Carvalho Jr. – Sei absolutamente tudo sobre esse ser marinho mais monstruoso que qualquer animal selvagem já catalogado pela ciência! – arrematou, gerando gritos de pânico na multidão.

Os membros da CPEM se entreolharam. No entanto, quando os olhos de Athos procuraram os de Dr. Sousa-e-Silva, o cientista piscou com um sorriso divertido. O ex-estagiário estremeceu, ficando instantaneamente com as mãos geladas.

O DESLIGAMENTO

Um dia antes de toda essa confusão, a porta do laboratório dos estagiários foi aberta com violência. O prédio inteiro tremeu quando ela bateu na parede.

Assustado, Athos errou na quantidade de líquido que misturava à substância do tubo de ensaio.

– Dr. Sousa-e-Silva! O que-que aconteceu?

O cientista estava enfurecido:

– Querem me desligar da CPEM!

A mistura reagiu e aqueceu o cilindro de vidro, gerando uma fumaça azul. O estagiário, afoito, quase soltou o tubo. Queimando um pouco a ponta dos dedos, ainda conseguiu colocá-lo no suporte.

– Ai! Eles não podem fazer isso! – contestou Athos com uma careta que misturava dor e preocupação.

Dr. Sousa-e-Silva andava de um lado para o outro no laboratório. Depois, parou e respirou fundo, tentando se acalmar. Disse em seguida:

– O pior é que podem.

– *Vixe...* – gemeu o estagiário.

– Estão alegando que não faço novas descobertas e que minhas pesquisas estão estagnadas há anos – fez uma breve pausa antes de continuar. – Realmente, não tenho avançado muito, Athos... Nem descobertas, nem publicações... Faz tempo que não sou convidado para conferência ou palestra...

O estagiário de Ciências Biológicas se compadeceu do seu supervisor. Nesses seis meses de pesquisas, Dr. Sousa-e-Silva se tornara mais que um companheiro de trabalho. E, apesar de cientificamente não avançarem no que deveriam fazer, haviam conquistado a amizade um do outro. Algo difícil no mundo acadêmico. Athos se sentia como um filho daquele cientista. Preocupado, tentou formular uma solução:

– Será que eles não podem dar um prazo para a entrega de novos resultados? Uma nova chance?

– Creio que não – respondeu o cientista, abaixando a cabeça. – Pereira está metido nesse processo todo. Com certeza, a iniciativa de desligamento foi ideia dele. Aposto que teve o extremo cuidado de elencar todas as minhas faltas a congressos e a eventos por eu não ter nada de efetivamente inédito para mostrar...

"Dr. Pereira".

Athos sabia que os dois cientistas nunca se deram bem. Não pelo Dr. Sousa-e-Silva, mas pelo outro que, volta e meia, aparecia com um sorriso, pura falsidade, perguntando pelas novidades das pesquisas do colega da CPEM.

– A reunião começa dentro de cinco minutos. Quero você lá – comunicou Dr. Sousa-e-Silva, interrompendo os pensamentos do rapaz.

O estagiário assentiu com a cabeça.

Saindo do laboratório, os dois atravessaram os corredores gelados pelo potente sistema de refrigeração. No entanto, dessa vez sentiram mais frio que o habitual.

Pegaram um elevador, desceram rapidamente os três andares que os distanciavam do futuro do Dr. Sousa-e-Silva.

Logo entraram numa pequena sala onde já se encontravam Dr. Alberto Carvalho Jr., diretor executivo da CPEM, e Dr. Pereira. Este se levantou de maneira abrupta ao notar a presença de Athos.

– O que esse garoto enxerido está fazendo aqui? – indagou com grosseria.

– Quero que ele presencie o absurdo desta reunião – respondeu o Dr. Sousa-e-Silva.

Os dois pesquisadores se encararam por um instante. A tensão estava mais que instalada e a sala parecia minúscula. Aquela cena, constatou Athos, contrastava com a vista pacífica da praia que as janelas envidraçadas transpareciam. Lá fora, o mar estava sereno. Cá dentro, os cientistas estavam em guerra.

– Sentem-se! – Dr. Alberto Carvalho Jr. interveio. – Não estamos aqui para brigar. Viemos resolver o melhor para a CPEM.

– Não há o que resolver – disse Dr. Pereira malévolo, voltando a se sentar. – Os fatos já decidiram tudo. Contra eles não há nada que possamos fazer.

Dr. Sousa-e-Silva tomou uma cadeira. Como não havia mais nenhuma outra, Athos continuou desconfortavelmente em pé. Ele não sabia o que fazer nem onde pôr as mãos. Além, é claro, de se questionar se deveria estar mesmo ali acompanhando tudo ou se era melhor ir embora.

– Bem... – começou Dr. Alberto Carvalho Jr. – O levantamento apresentado no relatório é claro e mostra que nos últimos cinco anos não houve quaisquer descobertas, apresentações de trabalhos em congressos e seminários internacionais ou nacionais. As pesquisas não progrediram... Nesse tempo, praticamente não houve nenhum avanço, nenhuma conquista ou o menor resultado das suas investigações, Dr. Sousa...

– Praticamente? Não modere o seu discurso, Dr. Carvalho! Não houve nada!!! – enfatizou Dr. Pereira. – Apenas o vácuo. Vale ressaltar, inclusive, que faz alguns anos que não apresenta nada em nenhuma universidade da cidade!

– Não se meta na minha produção científica! – esbravejou Dr. Sousa-e-Silva, quase se erguendo da cadeira. – O que você pretende ganhar com o meu desligamento, hein?

– Novos investimentos em pesquisas que prometem e-fe-ti-va-men-te resultados concretos. E não sou eu quem está constatando sua inatividade. É o relatório do conselho científico da Corporação.

– Conselho do qual você é o presidente! – rebateu Dr. Sousa-e-Silva. – Não penso em outra pessoa que tenha colocado meu nome em pauta!

– Estamos agindo de acordo com o regimento da instituição – argumentou Dr. Pereira. E se dirigindo ao diretor executivo: Acho que a sentença na página derradeira é bem clara, não?

À cabeceira da mesa, Dr. Alberto Carvalho Jr. retirou os óculos de lentes retangulares como se quisesse estender os segundos antes de falar:

– É verdade. O regimento da instituição é direto nesse ponto... Improdutividade comprovada por cinco anos resulta em desligamento imediato.

– Mas eu estou aqui desde a fundação da Corporação pelo seu pai, o famoso cientista Dr. Alberto Carvalho!

– Eu também estou! – atestou Dr. Pereira. – E nem por isso me acomodei, deixando as minhas pesquisas de lado. Receber para não produzir? Isso é correto? – arrematou irônico.

– Sei que o senhor era muito amigo do meu pai... – comentou o diretor executivo, visivelmente desconfortável. – Mas o regimento da instituição deve ser respeitado acima de tudo. Aliás, é esse o primeiro parágrafo.

E, fazendo uma pausa, olhou para cada um dos presentes, inclusive para Athos. Então, Dr. Alberto Carvalho Jr. suspirou e declarou:

– A partir de agora, Dr. Sousa-e-Silva, o senhor está oficialmente desligado da Corporação de Pesquisas dos Ecossistemas Marinhos.

De volta ao laboratório, Athos, com o queixo no peito, não conseguia observar Dr. Sousa-e-Silva reunindo seus pertences dentro de uma caixa de papelão.

Mas, num lance de desespero, o estagiário ergueu os olhos imersos em lágrimas.

– Tem de haver algum jeito! O senhor não pode simplesmente ser expulso assim!

– Athos, o regimento é claro... Neste momento, não posso fazer absolutamente nada. Reconheço que errei ao deixar o tempo passar e o meu inimigo soube se aproveitar disso para me derrubar.

O estagiário voltou a abaixar a cabeça.

Dr. Sousa-e-Silva parou de recolher os seus pertences.

– Mas não se aperreie – continuou o cientista. – Voltarei para assinar o seu relatório de conclusão de estágio!

– Quer dizer que o senhor já sabe como fazer para ser religado à corporação? – o rapaz se empolgou.

– Ainda não... – confessou o cientista. – Ainda não sei como... Mas voltarei triunfante! Pode anotar! – concluiu, forçando um sorriso.

Minutos depois, Dr. Sousa-e-Silva atravessou a recepção da CPEM. Nela, estava Dr. Pereira. Ele não deixaria de conferir mais um pouquinho da derrocada do rival.

O céu estava nublado, constatou o cientista ao passar pelas portas automáticas de vidro e notar as imensas nuvens acinzentadas que se aproximavam. Logo recordou que chovera muito durante as primeiras horas da manhã.

Aproximou-se do semáforo. Distraído, não viu a poça d'água formada junto ao meio-fio.

Não um, mas dois carros seguidos deram um banho no cientista e encharcaram todos os seus objetos pessoais. Os óculos, ou seriam os olhos dele, ficaram também embaçados.

O sinal fechou para os veículos, dando passagem aos pedestres. Ou melhor, ao único pedestre naquele minuto. Mas, enquanto atravessava exatamente no meio da faixa, o fundo da caixa cedeu e todas as lembranças do Dr. Sousa-e-Silva foram ao chão.

Athos assoou o nariz com força. Era o décimo lenço de papel que usava para controlar a coriza iniciada após o desligamento do Dr. Sousa-e-Silva.

Dr. Pereira adentrou o laboratório. O estagiário tentou não olhar com expressão de ódio para o cientista a sua frente.

– É bom se esforçar, garoto, porque serei o seu novo supervisor a partir de hoje – anunciou.

O cientista se voltou para se retirar, mas, antes de sair, ainda acrescentou:

– Ah, aproveite que está usando lenços e limpe o laboratório. Jogue no lixo qualquer coisa que aquele velho tenha esquecido.

Athos teve vontade de atirar o lenço sujo que ainda segurava no Dr. Pereira.

Sentado num banco de cimento na orla, Dr. Sousa-e-Silva olhava para a foto do seu grande amigo, Dr. Alberto Carvalho, dentro do porta-retratos quebrado. Retirou a fotografia manchada pela água da poça e, ao se deter ligeiramente na parte de trás, percebeu uma data.

Era a da participação num congresso nos Estados Unidos, logo depois da inauguração da CPEM.

De repente, uma lembrança retornou ao cérebro do cientista.

Vasculhou entre os objetos que trouxera do laboratório e encontrou o que procurava: um livro de capa dura.

Com as mãos emocionadas, abriu-o e viu a mensagem escrita pelo Dr. Alberto Carvalho. O exemplar foi um presente comprado durante a viagem numa das livrarias da cidade onde se hospedaram.

Dr. Sousa-e-Silva leu a curta dedicatória. Seus olhos, em seguida, pousaram sobre o título do livro e, assim, leu e releu várias vezes de modo automático. De repente, o coração do cientista se sobressaltou.

E ele riu.

A SOLUÇÃO

De volta à agitação instalada em frente ao prédio da Corporação de Pesquisas dos Ecossistemas Marinhos, agora ninguém mais se entendia. Era um zum-zum-zum alucinado e um buzinar obsessivo em que a única coisa inteligível que se distinguia era a expressão *a fera dos mares*.

– Calem a boca! – bradou Dr. Alberto Carvalho Jr., procurando restabelecer a ordem.

Todos se entreolharam, admirando a falta de polidez do diretor da CPEM. Ele coçou a barba.

– Fera dos males? – quis confirmar Dagmara, porta-voz do movimento, interrompendo a breve calmaria que se instalara.

– Dos mares – corrigiu Dr. Sousa-e-Silva. – Fera dos mares. Devido ao aumento do nível do mar, decorrente do aquecimento global, essa criatura que habitava apenas no alto-mar e sob uma profundidade considerável chegou à costa nordestina com a ajuda de correntes marinhas. Tudo cientificamente comprovado pelas minhas recentes pesquisas...

– Que-que pes... – Athos quis formular uma pergunta, mas não conseguiu.

– Com um litoral tão grande no país, por que ela veio parar logo no Nordeste? – angustiou-se Dagmara.

– Não posso adiantar muita coisa acerca dessa estranha criatura marinha, ao menos por ora...

– Que desculpa esfarrapada é essa? – questionou Dr. Pereira, desconfiado. – Por que não apresentou nada ao conselho?

– Era cedo – argumentou o cientista. – Como falei, as pesquisas estavam em andamento.

– Esse peixe, mamífero, bicho... sei lá! Ele é perigoso! Atacou um banhista! Como vamos nos defender e proteger os turistas? Temos que isolar a praia?!

Dagmara estava com as mãos reluzentes de suor. Ela não coloca o dedo mindinho em águas salgadas com medo de tubarão. Inclusive, quando viaja para outra praia, se afasta daquelas placas que advertem aos turistas sobre área sujeita a ataques. Para a dona da sorveteria, elas são como os próprios tubarões.

– Uma mescla de mamífero com peixe, para ser exato – corrigiu mais uma vez Dr. Sousa-e-Silva, tranquilo. – E, falando em ataques, talvez esteja só tentando se adaptar ao novo meio ou se proteger de alguma ameaça... Na realidade, pode ser uma das vítimas dos efeitos nocivos da nossa poluição. A gente sabe que muitas das nossas ações afetam diretamente os ecossistemas costeiros. E, devido a essas mudanças, os animais precisam se ajustar ao meio em que vivem. A sobrevivência deles depende de sua capacidade de adaptação. Com esse não seria diferente...

– Esse? A fera é macho? – perguntou a dona da sorveteria mais uma vez.

– Tudo indica que sim – respondeu o cientista.

Athos, boquiaberto e incrédulo, olhava atentamente para Dr. Sousa-e-Silva.

"Não existia nenhuma pesquisa do tipo... Ou será que ele escondeu de todos? Não. Não é possível... Ele não me enganaria..." Uma tempestade desabava sobre seu cérebro.

– Se for confirmada a veracidade da descoberta e da pesquisa, Dr. Sousa-e-Silva, seu religamento será efetivado o quanto antes – falou Dr. Alberto Carvalho Jr., para surpresa de todos.

– O quê?! – enfureceu-se Dr. Pereira. – Ainda ontem ele foi desligado da CPEM! Ontem!!!

Dr. Sousa-e-Silva sorriu.

– Eu sei... – disse o diretor executivo. – Mas uma nova descoberta sempre terá espaço na Corporação. Principalmente, um achado científico desse nível, em pleno perímetro urbano do litoral nordestino. Sem falar que descobertas permitem o ingresso ou, no caso, o reingresso à CPEM. Também está no regulamento, vale frisar.

Dr. Pereira bufou e entrou no prédio. Isabela e Linda, que assistiram a tudo caladas, acompanharam o seu supervisor. Athos se deixou ficar.

– Ei! Precisamos descobrir mais sobre essa estranha criatura! – exigiu a dona da sorveteria. – O que faremos com esse perigo à solta? Que medidas adotaremos para nos proteger?

– Proíbam os banhos de mar! – sentenciou Dr. Sousa-e--Silva com seriedade. – Se arriscar à toa não vale a pena.

Nova balbúrdia se instaurou. De novo, Dr. Alberto Carvalho Jr. teve de intervir para acalmar os manifestantes.

Como era terça-feira, ficou acertado que na próxima quinta o cientista, por meio de exposição pública no grandioso auditório da CPEM, apresentaria com mais detalhes o bizarro ser denominado *fera dos mares*. Uma nota seria enviada aos meios jornalísticos para que a população fosse avisada dos perigos dessa ameaçadora criatura e também convidada a participar do evento.

A multidão custava a se dispersar quando Athos correu na direção de Dr. Sousa-e-Silva, que se afastava muito rápido após recusar o convite do diretor executivo para uma curta reunião. O estagiário tocou-lhe no ombro. O cientista tomou um susto.

– POR QUE ESCONDEU ISSO DE MIM DURANTE TODO ESSE TEMPO?! – perguntou o rapaz enfático.

O ar de triunfo que há pouco iluminava a face do Dr. Sousa-e-Silva desapareceu. Por uns segundos, ele pareceu distante, como se alguma coisa em sua mente o perturbasse, como se ele não enxergasse o rapaz à sua frente.

Athos insistiu:

– Meu estágio seria justamente para colaborar com esse tipo de descoberta! Pensava que éramos mais que meros colegas de trabalho! Pensava que éramos amigos!

– Não seja egoísta! – gritou Dr. Sousa-e-Silva, pela primeira vez, com o estagiário, ou melhor, ex-estagiário.

E, aproveitando a passagem de um táxi, acenou freneticamente e tomou-o.

Um vento gelado balançou o jaleco meio sujo de Athos, estático na calçada. Com o indicador, o rapaz ajeitou os óculos de acetato azul.

Na sala do Dr. Pereira, Isabela e Linda assistiam caladas à fúria do supervisor.

– Como assim: fera dos mares?! De onde saiu essa bizarra criatura de uma hora para outra?! Não tem como isso ser verdade! Dr. Sousa-e-Silva não pode retornar à Corporação!!!

A mesa era golpeada com vigor. O próximo alvo foi a parede.

– Ai... – gemeu o cientista, conhecendo os limites da sua força e balançando a mão direita para amenizar a dor.

Porém, ela, a dor, não pareceu despertá-lo do seu estado de raiva. Com os olhos esbugalhados, disse às duas jovens:

– Me aguardem no laboratório!

No táxi, enquanto o veículo seguia pela Avenida Beira-Mar, Dr. Sousa-e-Silva apertava as mãos, nervoso. Mas, ali, no banco traseiro, não precisaria encarar os óculos inquisidores de Athos. A pergunta do estagiário martelava na sua cabeça, fazendo-o lembrar de uma situação em que também a escutara logo nos primeiros meses de trabalho na CPEM...

– Estou encrencado...

– O que aconteceu, Sousa? – perguntou Dr. Alberto Carvalho colocando a mão na abertura da porta do laboratório do amigo, impedindo que ele a fechasse rapidamente, como nos dias anteriores, após voltar do banheiro. – Seu relatório ainda não chegou à minha mesa...

– Qua-quase acabando... – respondeu o cientista, surpreso com a agilidade do outro. – Até o final da tarde estará lá!

– Não estará – asseverou o então diretor executivo da CPEM. – Por que você está mentindo? Imagino que nem redigiu uma linha!

Realmente, Dr. Alberto Carvalho conhecia seus companheiros de trabalho e, sobretudo, seus amigos.

— Coloquei o filme na máquina de cabeça para baixo... — contou Dr. Sousa-e-Silva. — Perdi as dezenas de fotos que fizemos... E, para completar, me esqueci de verificar a comida do nosso espécime antes de sair no sábado passado... O nosso filhote de peixe-arara não resistiu...

— Você está trancado aqui há uma semana!! POR QUE ESCONDEU ISSO DE MIM DURANTE TODO ESSE TEMPO?

— ...

— POR QUE ESCONDEU ISSO DE MIM DURANTE TODO ESSE TEMPO?! — Dr. Alberto Costa repetiu a pergunta ainda mais enfático.

— Não queria decepcioná-lo... — confessou o cientista, de cabeça baixa. — Como ainda tinha as gravações dos sons guturais do peixe-arara, pensei que conseguiria refazer a pesquisa...

— Como? Sem sair do laboratório?

— Não queria que descobrisse...

— E agora não foi pior? Tenho que encaminhar todos os relatórios ainda hoje para o Ministério da Ciência e Tecnologia... Por que não tentou capturar outro exemplar?

— Não tenho mais verba para o projeto... Não pude contratar um novo mergulho... E nem sei se um mergulho só seria o suficiente para encontrar outro com as mesmas características...

— Esconder a verdade é como espalhar as peças de um quebra-cabeça. Uma hora alguém vai juntá-las.

– Pedirei meu desligamento!

– Não! Ajudarei a redigir o texto e tentarei solicitar prorrogação para a entrega dos resultados finais da sua pesquisa. Resolveremos isso de modo ético. Informarei que tivemos problemas com o registro fotográfico do peixe-arara e que, infelizmente, não o temos... Não vamos conseguir mais verba, mas ganharemos tempo para novos mergulhos e até para buscar outros subsídios...

– Não estava agindo certo, né?

– Não – e o diretor executivo piscou enquanto se sentava diante da tela do grande monitor. – Esconder a verdade é como mentir. E mentir não é nada ético.

– Você não sabia de nada? – indagou Isabela a Athos, assim que o rapaz regressou ao laboratório.

– N-não...

– Está mentindo! – acusou Linda quase tocando com a ponta do dedo no nariz dele. – É claro que sabia! Você tem cara de maior babão daquele cientista! Trabalhava com ele, oras!

O estagiário estava decepcionado:

– Parece que ele escondeu essa descoberta de todos. Inclusive de mim...

Não houve tempo para mais nenhuma conversa. Como as lavas de um vulcão, gotas de suor escorriam pelo rosto do Dr. Pereira, que invadiu bruscamente o espaço:

– Isabela e Athos! Quero vocês na orla imediatamente! Coletem o maior número de depoimentos e recolham qualquer tipo de foto, vídeo, informação sobre essa tal fera dos mares.

Os dois jovens só puderam assentir com a cabeça. Questionamento algum seria bem-vindo naquele momento.

A ALERGIA

Um bando de pássaros brigava em meio às largas folhas de uma palmeira na orla. Observando o grupo agitado, Athos perguntou a Isabela:

— E aí, por onde começamos?

— Por onde encontrarmos mais gente. Só assim conseguiremos alguma informação.

Uma gosma sujou o aro direito dos óculos do estagiário.

— Eca! — Isabela riu divertida.

— Droga de passarinho! — ele criticou, bravo.

E jogou a cabeça para trás como se pudesse localizar o engraçadinho. Talvez um pombo. Por causa do sol que trespassava a folhagem, não conseguiu, mas foi atingido certeira e novamente. Na boca. Aberta.

Isabela se afastou enojada enquanto Athos cuspia trezentas mil vezes sem parar.

A figura de Dagmara se destacava no grupo de turistas. Com um vestido estampado de flores grandes, a morena avisava sobre os perigos de simplesmente molhar os dedos dos pés no mar, constataram os dois estagiários ao se aproximarem.

– É ordem do presidente! – assegurava a dona da sorveteria.

– Ninguém! Ninguém pode entrar na água! O leão dos mares é um monstro perigosíssimo! Ataca sem piedade e é capaz também de engolir gente numa bocada só, *visse*?

As pessoas de rostos e braços avermelhados e de peito ainda branquelo comentavam entre si. Uns estavam apreensivos, outros se divertiam, considerando que tudo não passava de boato. Afinal, ninguém havia visto o tal turista atacado.

– A senhora está falando da fera dos mares? – quis confirmar Isabela.

– Dos males – corrigiu Dagmara. – Vá pra casa, minha filha! A praia não é mais um lugar seguro de se ficar! Estou aqui somente pelo meu dever de cidadã! Mas veja! Olhe as minhas mãos! Estou tremendo toda!

– A senhora está exagerand...

Athos foi interrompido por um olhar furioso. Respirando pesadamente, a dona da sorveteria falou ao estagiário como se quisesse lhe arrancar os globos oculares:

– Esse monstro pode acabar com a raça humana! Já devorou pescadores! Quantos barcos não voltaram sozinhos do mar? Foi ele! O dragão dos males!

Isabela ria da situação em que Athos havia se colocado. Era melhor não contrariar aquela mulher em pânico. Mas e se ela, a estagiária, brincasse um pouco?

– Somos da Corporação de Pesquisas dos Ecossistemas Marinhos, a CPEM... – iniciou Isabela.

– Sério? Não me digam! Ai! Alguma novidade? Não vou aguentar esperar até quinta-feira. – Esfregando as mãos, Dagmara também jogava o peso de uma perna para a outra.

Marota, Isabela piscou para Athos:

– Sobre a aparência física da fera, ainda não sabemos muito...

– Eu já sei! Eu já sei! Nós sabemos, pois contaram lá na sorveteria – alertou Dagmara. – Tem olhos e dentes desproporcionais! E suas escamas, quando está irritada, se tornam mais afiadas que cacos de vidro! É um monstro com patas e nadadeiras! Só de pensar me arrepio! Ai! É horrível!

– Vou conferir! – avisou um turista controlando o riso e correndo para a água.

A dona da sorveteria se desesperou. O estagiário suspirou aliviado. O foco mudava.

– Saia daí, garoto! Saia! Se um tubarão não te pegar, a fera vai! Ai! Esses jovens irresponsáveis...

O grupo de turistas se divertia com a ação do companheiro e com a agonia da mulher de vestido florido. As ondas quebravam com certa violência na areia.

Mas, após alguns segundos na água, o turista deu um grito aterrador. Em seguida, começou a se afogar.

– Vai lá! Vai lá salvar o menino!

Dagmara empurrava Athos na direção do mar.

– Peraí! Peraí! Não posso!

Só que ela deu um empurrão tão grande no estagiário que o derrubou de cara na areia. Mesmo assim, não desistiu e a dona da sorveteria tentou arrastá-lo, quando outro turista resolveu avançar para as ondas.

Pouco depois, os dois retornaram. O primeiro, muito cansado e o segundo, rindo.

– Vi uma mancha na água... Me assustei...

– Devia ser a sua sombra! – disse o que salvou o amigo zombador.

– Respeita o monstro!!! – Dagmara bradou ao visitante. – Vocês correram um tremendo risco agora. Saíram vivos por pouco... – se voltando para Isabela. – O que mais vocês sabem? Vamos! Me diga tudo! Me diga! Me diga! Será que foi o cachorro dos mares que quase devorou esses meninos agora?

A estagiária tentou falar da forma mais natural possível, evitando rir:

– Agora não... Mas a fera dos mares pode caminhar alguns minutos pela praia. Sabe, igualzinho às tartarugas...

Três segundos depois, a dona da sorveteria já não se encontrava mais na faixa de areia. Corria longe pela orla. Isabela enxugou as lágrimas que surgiram nos cantos dos olhos de tanto rir.

– Vem, Athos! Você está bem? Quase que aquela mulher te joga no mar a pulso! Vamos trabalhar! Acho que ela vai ficar longe daqui por um bom tempo!

E, puxando o antebraço do rapaz, arrastou o estagiário todo sujo de areia.

Entrevistaram moradores da cidade, turistas, vendedores, comerciantes e pescadores... Um contradizia o outro e tornava a fera dos mares ainda mais amedrontadora e bizarra. Era um total desencontro de descrições. Alguns chegavam a construir verdadeiros monstros, dignos de livros de literatura fantástica. Porém, ninguém tinha foto ou vídeo provando a existência da criatura. No máximo, alguns registros de manchas suspeitas na água que não comprovavam efetivamente nada. E, para complicar ainda mais, ninguém conhecia ou vira o tal turista sendo atacado. Se é que algum turista foi atacado...

– No litoral brasileiro, está surgindo um novo Godzilla ou um novo monstro do Lago Ness... – resumia Isabela, quando foi interrompida por Athos.

– Você tem namorado? – perguntou o estagiário sem qualquer rodeio, direto ao ponto e mudando completamente de assunto.

A estagiária sorriu sem responder de imediato.

Sentados no banco de cimento que beirava a orla, os dois jovens viram quando Dr. Sousa-e-Silva passou apressado pelo calçadão.

Athos se ergueu rápido. Precisava falar com o seu ex-supervisor. Tropeçou, no entanto, no banco onde estava sentado com a colega e ralou a mão no chão. Porém, não tinha tempo para ouvir a preocupação de Isabela ou Dr. Sousa-e-Silva escaparia.

– Dr. Sousa-e-Silva! – chamou a fim de fazê-lo parar.

O cientista não deu ouvidos ao ex-estagiário e acelerou mais ainda.

Athos estancou, desapontado. Dr. Sousa-e-Silva fingira que não o escutara. Chateado, o rapaz deu de ombros e voltou para junto da nova estagiária.

– Que tal um sorvete? – perguntou assim que se sentou.

Saboreando uma fatia de torta que trouxera na mochila, Isabela respondeu à pergunta anterior:

– Sim, namoro. Faz cinco anos. Estamos juntos desde o finzinho do Ensino Médio. Eh... Acho melhor o sorvete ficar para uma próxima...

Bola fora para Athos!

– Quer um pedaço? – a estagiária ofereceu o lanche para amenizar um leve clima que se instalara.

A fome bateu.

Ele aceitou e, ao engolir toda a parte que ganhou de uma vez só, sem nem parar para perguntar do que era, percebeu o gosto proibido de...

– CA-MA-RÃO!!!

Athos começou a ficar vermelho, coçando o pescoço e os braços. O ar faltava!

– S-OU... ALTA-MEN-TE A-LÉR-GI-CO!!!

– SOCORRO! SOCORRO!!! – nervosa, Isabela clamou por ajuda.

Dr. Sousa-e-Silva não deu a menor atenção à ambulância que atravessou veloz a Av. Beira-Mar com a sirene ligada.

Contratempo nenhum o tiraria do rumo. Tivera algumas ideias para a continuidade do seu plano. Ele tinha que dar certo.

O MEDO

No dia seguinte, Athos mal pôde respirar o ar refrigerado misturado ao odor de algumas substâncias do laboratório, porque o Dr. Pereira entrou logo depois. Isabela e Linda, que já estavam às voltas com seus experimentos, pararam.

– Athos e Linda, desçam para a garagem! A equipe de mergulho vai levá-los para uma varredura em alto-mar.

– Co-mo assim?! – assustou-se Athos.

– Alguma novidade? – inquiriu Linda.

– Turistas colombianos viram algum animal estranho ontem à tarde durante o mergulho que fizeram. Pelo menos é o que dizem. Vamos seguir essa pista. Quero ver se conseguem imagens ou qualquer rastro dessa tal fera dos mares. Tenho que descobrir qualquer coisa antes da exposição pública de amanhã.

O estagiário estremeceu. Aquela ordem não era bom sinal. Dr. Pereira estava realmente disposto a evitar que Dr. Sousa-e-Silva retornasse à CPEM.

– Não é perigoso? – quis confirmar Athos.

– Verifiquei em todos os hospitais da cidade. Nenhum ataque registrado – respondeu Linda secamente. – Essa história de turista atacado parece que não passou de boato.

– E eu? – indagou Isabela.

– Faça o seu trabalho – respondeu o cientista, dando as costas à estagiária.

– Grosso! – xingou Athos baixinho, em solidariedade à novata.

A estagiária sorriu agradecida e perguntou:

– Como você está, Athos?

– Só com umas manchas... Mas vão desaparecer em breve – ele respondeu. – Obrigado pela preocupação.

– Bem feito! – disse Linda, tirando o jaleco. – Quem mandou não perguntar do que era a torta.

– Desçam já! – ordenou Dr. Pereira, reaparecendo.

Era a terceira ou quarta vez que Athos vomitava agarrado ao gradil da popa do barco desde que saíram do porto. Ele ergueu a cabeça, procurando respirar mansamente, mas não aguentou. Depois de expulsar todo e qualquer vestígio do café da manhã, da torta de camarão e também do almoço e do café da manhã do dia anterior, o estagiário conseguiu se sentar. Próximo a ele, um dos tripulantes da embarcação lia uma edição do *Moby Dick*. Athos fez uma careta, preocupado.

Pondo-se na sua frente, Linda lhe estendeu a metade de um limão:

– Cheire isso! Vamos!

– O-obrigado...

– Se enjoa em barco, por que escolheu Biologia Marinha?

– Não sabia que enjoava... – respondeu meio verde. – Mas estou ficando melhor...

– Também não tem nada mais nessas tripas!

– Já sei por que você está trabalhando com Dr. Pereira. É tão grossa quanto ele.

– Cuide de sua vida!

Um dos integrantes da pequena tripulação entregou as roupas de mergulho aos dois estagiários.

– Ah, você sabe mergulhar, né? – ela perguntou irônica.

– É claro que sei! – rebateu o estagiário, se erguendo. – Só não consigo respirar bem pela boca com esse troço... Fico com a sensação de que vou sufocar a qualquer momento.

– Por que ele não me mandou com Bela pra cá? – questionou a estagiária em voz alta a si mesma, fechando os olhos de angústia.

Sem alternativa, ela se levantou do banco e tirou a roupa. O queixo de Athos chegou a oito mil metros abaixo do nível do mar. Que curvas! Que pernas! O rapaz naufragava na contemplação daquela sereia.

– Para de me secar, Athos! Tenha vergonha na cara!

O estagiário logo enxugou a baba que escorria pelo canto esquerdo da boca e se pôs a trocar de roupa também.

– Magro e de barriguinha? – riu Linda. – Não era bom fazer uma academia pra aprumar isso aí?

– Para de me secar, Linda! – gracejou Athos, forçando um olhar de ator hollywoodiano.

– Eu? Secando essa sua beleza? Tá...

Ao chegarem ao mar aberto, os dois estagiários se prepararam para mergulhar acompanhados de um guia. Mas, assim que entraram na água, Linda balançou a cabeça em negativa. Athos não sabia nem pular direito.

A missão, no entanto, tinha de ser realizada: captar qualquer coisa da famosa fera dos mares que conseguira seus cinco minutos de fama no principal telejornal local.

Seguiram, então, para o rebocador naufragado que os turistas colombianos visitaram. Esse tipo de barco é utilizado para ajudar os navios a manobrarem ou até mesmo para socorrê-los em certas circunstâncias. Normalmente, são afundados com o objetivo de se tornarem recifes artificiais.

As águas azul-claras permitiram que a dupla de estagiários identificasse logo a embarcação. Isso deixou Athos um pouco mais quieto.

Aproximaram-se. Não demorou muito para que pudessem ver o nado cadenciado dos cardumes.

"Incrível...", pensou Athos. E se deixou ficar por ali um momento admirando o espetáculo.

Mas seus pensamentos foram interrompidos por Linda. Ela fez um sinal urgente para ele.

"Se-rá que ela en-controu al-go?"

Athos quis se movimentar, mas, sem sucesso, acabou parado no mesmo lugar.

A estagiária repetiu o gesto com nítida impaciência.

Desta vez, ele conseguiu se mover um pouco e viu um tubarão lambaru com cerca de três metros! Athos sentiu o azedo do medo na boca.

Tudo bem que essa espécie não atacava. Mas o terror que inspirava pelo tamanho era inevitável e atingiu o rapaz em cheio.

Linda sinalizou para que Athos ficasse tranquilo e mantivesse a calma.

Porém, o estagiário começou a ficar bastante apavorado. A agitação foi tanta que não demorou muito para perder o controle da respiração. E, ao tentar avisar que queria subir, puxou sem querer a mangueira de oxigênio da nova colega de laboratório.

Linda só não socou Athos porque agora também precisava emergir. Com uma tranquilidade forçada, é claro, avisou ao guia e o trio retornou. Na superfície, para se equilibrar, o rapaz se segurou no pescoço da novata como uma criança.

– Me solta, seu frouxo! – ela empurrou o estagiário após retirar a máscara de mergulho.

– Foi mal... Me desculpe...

– Foi péssimo! Não desculpo porcaria nenhuma! Perdemos a chance de fotografar aquele lambaru! Sobe logo no barco que continuarei a varredura sozinha. Só *viesse* para atrapalhar, seu traste!

Desceram no porto. Linda passou todo o percurso de volta xingando Athos com os piores adjetivos. Alguns, o estagiário nem conhecia o significado, no entanto sabia que não era nada, nada bom.

– Chega de carão, Linda! Bora tomar um sorvete? – ele convidou a fim de amenizar a situação.

– Que mané sorvete! Se não sabia mergulhar, não deveria ter descido! – e voltou a criticar enquanto fuzilava o rapaz com o olhar, não dando a menor chance ao convite.

– Eu sei nadar, mergulhar... Só não gosto de tubarão. E aquele era enorme! Não precisa ficar arretada...

– Quem mergulha sabe que pode encontrar um desse e não tem que entrar em pânico! Ai, eu poderia ter tocado naquele tubarão! Quase tirei uma *selfie* com ele!

– Você é maluca!

– Quem não tem a cabeça no lugar aqui é voc...

Athos, ao se voltar para o lado do mar, viu Dr. Sousa-e--Silva novamente andando apressado na orla.

– Não consigo entender como você pode fazer Biologia...

Ele deixou Linda falando sozinha e atravessou a avenida correndo.

– Estou falando contigo! – gritou a estagiária sem perceber o motivo da fuga repentina do rapaz.

O estagiário não deu ouvidos e prosseguiu. Quase foi atropelado por não olhar antes de atravessar. Ao escutar um sonoro palavrão dito por um motorista, Dr. Sousa-e-Silva olhou para trás e viu o ex-estagiário. Em vez de parar, aumentou a velocidade dos seus passos.

Meio desconcertado pelo susto que acabara de tomar, Athos logo desistiu de ir atrás do cientista.

"Por que ele está me evitando?" – se perguntou o estagiário, muito triste.

Dr. Sousa-e-Silva sumiu adiante. Mas o rapaz decidiu que na próxima ocasião seu ex-supervisor não escaparia.

Ao voltar, Athos percebeu que várias pessoas corriam para um trecho de areia da praia. Linda também. Ele se encaminhou para a mesma direção.

Depois de dar e levar cotoveladas, o estagiário finalmente viu o que atraía os curiosos.

Num dos pontos mais vazios da praia, havia um grande rastro úmido na areia como se algo tivesse saído e retornado ao mar. Todo mundo comentava, mas ninguém se entendia.

Athos encontrou Linda.

– A menina da Corporação avisou! Ele esteve aqui! Ele esteve aqui! – gritava Dagmara entre as pessoas.

Em seguida, a dona da sorveteria, que mesmo com muito medo fora ver o rastro, desmaiou.

– A invenção da Bela se tornou real! – exclamou Athos, surpreso.

Linda olhou para ele e disse:

– Isso está ficando muito sério.

A CONFISSÃO

– Na tevê, no rádio e na internet não se fala de outra coisa – comentou Isabela após o almoço, consultando o *notebook* do laboratório.

– A cidade inteira está apreensiva... – acrescentou Athos, sem tirar os óculos de aro de acetato azul da tela do *smartphone*. – Esse rastro parece ser uma pista importante.

Esticou o braço para pegar o chocolate quente que comprara na volta do almoço, contudo a mão derrubou o suporte com os tubos de ensaio das experiências de Linda.

Dr. Pereira e Linda assomaram à porta nesse exato momento.

– Meus experimentos! – exclamou a estagiária, correndo em vão na direção dos líquidos que se espalhavam e reagiam sobre o tampo da mesa.

– Chega!!! – bradou o cientista. – Athos, Linda me contou tudo o que aconteceu pela manhã durante a pesquisa de campo. Eu já observava a sua falta de jeito para a ciência antes mesmo de me tornar seu supervisor. Seu contrato de estágio será rompido!

– Hã?! – fez o estagiário.

– O quê?! – surpreendeu-se Isabela.

– Já era sem tempo.

– Linda!

– Ele só nos atrapalha!

– Mas... – agora foi a vez de Athos derrubar o chocolate no próprio jaleco.

– Olha pra isso! Chega de trapalhadas! – exasperou-se Dr. Pereira.

– O que é que eu vou fazer? Não posso perder meu estágio na Corporação...

O cientista sorriu. Aquela pergunta lhe dera uma boa ideia.

– Se me trouxer uma prova concreta da existência da fera dos mares até o final da tarde, manterei seu contrato. Caso contrário, amanhã você não pisa mais aqui.

Esperando o semáforo abrir, Athos já sabia o que fazer.

– Dr. Sousa-e-Silva vai ter que me ajudar nessa!

Os carros pararam e o estagiário atravessou, dando uma topada no meio-fio do outro lado da avenida, quase caindo.

– Linda, a gente não pode deixar Athos perder o estágio...

– Ora, Bela! Aquele garoto só sabe derrubar as experiências neste laboratório! Veja só: estragou nossas pesquisas...

– Não! Ele não estragou! As reações dos tubos que ele derrubou já estavam descritas. E Athos me ajudou a revisar uma parte do projeto assim que voltou do almoço.

– Ele só fez um favor. Nada demais. Mas qual foi o resultado das experiências?

– Os novos testes para o reagente que usaremos no processo de dessalinização da nossa máquina apresentaram os mesmos resultados que tínhamos.

– Então...

Isabela sorriu.

– Com certeza, seremos efetivadas quando acabarmos o estágio. O barateamento do nosso projeto é evidente! E esse era o principal entrave para a dessalinização da água do mar em larga escala. Nossa técnica para retirada de sal e impurezas vai animar a todos.

– O custo-benefício é realmente evidente – disse Linda, conferindo algumas planilhas impressas. – *Yes!* – vibrou.

Por um momento, o sorriso de Isabela se desfez.

– Agora estou preocupada com Athos – comentou. – Ele ficaria tão feliz pela gente... É tão bonzinho... Até me convidou para irmos à sorveteria...

– Me convidou também. Recusei e espero que você tenha recusado. Está na cara que ele tá a fim de nós duas. Vê se pode?

– Tô namorando, mas você...

– Aquele palerma? Tá louca?

– Linda, independente disso... Se Dr. Sousa-e-Silva escondeu as pesquisas sobre a fera dos mares esse tempo todo, Athos não vai conseguir nada antes da exposição pública... Ele vai perder o estágio...

– Que perca! Quem mandou...

– Não seja egoísta, Linda! Ele me ajudou com as planilhas que você segura agora... Só acho que devemos dar uma forcinha pra ele...

– OK, garota! – concordou a estagiária, a contragosto. – Como ele ajudou, vamos colaborar um pouquinho. E, de qualquer forma, ganharemos mais pontos com Dr. Pereira se trouxermos alguma coisa sobre essa criatura.

Com um picolé de mangaba na mão e uma sacola com muitos outros, Dr. Sousa-e-Silva acabava de sair da sorveteria. Ao fundo, tocava *Morena Tropicana*, de Alceu Valença, um dos cantores preferidos de Dagmara.

Desarvorada com o futuro da praia a sua frente, a dona da Sorvetes do Nordeste negociava o aluguel do seu estabelecimento. Ela também planejava morar no interior: o litoral não era mais tão seguro assim. Mas o cientista rejeitou a proposta feita pela proprietária. Ele só fora ali trocar informações inéditas da fera dos mares por picolés. A especialidade da casa eram os sabores de frutas tipicamente nordestinas.

Aproveitando a distração do Dr. Sousa-e-Silva enquanto saboreava o seu gelado, Athos agarrou-lhe o braço. O cientista pensou, a princípio, que era um assalto, alguém querendo seus picolés, no entanto, ao reconhecer o ex-estagiário, estremeceu ainda mais. Encarar o rapaz era muito pior.

– Necessito de um favor! – avisou Athos.

– O quê?!

– Não vou perguntar por que o senhor está fugindo de mim. Só preciso de um favor. Ah, mas antes, me dá um picolé aí.

Dr. Sousa-e-Silva abriu a sacola para que seu ex-estagiário pudesse escolher.

– Tem de cajá, caju, pinha, graviola, acerola...

– Vou pegar esse de chocolate mesmo, *visse*? – escolheu o rapaz. – Muito obrigad..., Dr. Sousa!

Diante de Athos, duas vastas correntezas desciam dos olhos do cientista e percorriam o seu rosto avidamente até o queixo.

– Eu sou uma farsa, Athos! Sou uma farsa!

Isabela e Linda atravessaram a avenida sem nem esperar que o semáforo fechasse para os carros. No calçadão, perguntaram a uns banhistas sobre um rapaz de óculos de armação azul e com um jaleco amarrotado e sujo de chocolate. Um casal o havia visto e sinalizou que ele estava na pracinha da orla.

Correram para lá.

Realmente, Athos estava ali. E diante do Dr. Sousa-e-Silva sentado em um balanço. A dupla se entreolhou.

– Não disse que ele estava mentindo? – acusou Linda. – Ele sabe sim sobre essa criatura.

– Calma! – pediu Isabela. – A gente ainda não sabe sobre o que eles estão falando.

Decidiram se aproximar o mais que pudessem. Havia uma pequena cerca em volta de cada árvore próxima aos brinquedos. Posicionaram-se atrás de uma delas. Pelas frestas, tentaram entender o que se passava, queriam escutar.

O vento forte volta e meia atrapalhava.

Linda, num segundo de ousadia, se adiantou um pouco para se esconder atrás de um escorregador de cimento, mais próximo ao balanço. Ela não queria ter nenhuma dúvida em relação ao que ouvisse daquela conversa.

Athos em pé, em frente a Dr. Sousa-e-Silva, parecia um pai que repreendia o filho que acabara de aprontar alguma brincadeira de mau gosto no colégio.

– O senhor sempre me disse que na ciência farsas são inconcebíveis!

– É verdade... – reconheceu o cientista de cabeça baixa.

– Se o que descobrimos hoje – continuou o ex-estagiário –, amanhã é questionado, inventando, então... Ai, ai, ai... Que nó cego o senhor foi fazer? – irritou-se o rapaz.

– Eu sei... Eu sei... Mas foi numa hora de desespero! Reencontrei um livro que o pai do diretor executivo me deu nos Estados Unidos há muito tempo. Era sobre criaturas marinhas bizarras e desconhecidas da população em geral. Tive a ideia de inventar uma somente para poder retomar meu vínculo com a CPEM. Depois que me religassem à Corporação, investiria pesado em novas pesquisas e, com certeza, em algum momento, faria alguma nova descoberta do tipo. Afinal, ainda tem muita coisa no mar para ser descoberta... Era só questão de dedicação e tempo. Na hora, tudo pareceu tão lógico e tão plausível... Só não imaginava que me deixaria levar a ponto de perder o controle sobre a história da minha misteriosa criatura...

– Não se comenta outra coisa na cidade inteira!

– Fera dos mares... Minha criatividade foi capaz de inventar um absurdo biológico...

– Cuja existência terá que comprovar amanhã! – suspirou Athos desnorteado. – Pera! E aquele rastro encontrado na praia? Não passou de...

– Fui eu quem fiz.

– Ai, ai...

– A imaginação das pessoas aumentava aqui e ali os boatos que eu começava na orla e, principalmente, lançava na sorveteria de Dagmara. Acabei aproveitando algumas coisas que o pessoal comentava...

Pousando os olhos sobre a sacola de picolés derretidos, o rapaz balançou a cabeça em negativa.

– E eu, que tenho que levar uma prova da existência da inexistente criatura para não perder o meu estágio?

Dr. Sousa-e-Silva retirou do bolso um pacotinho, abriu-o e entregou uma grande escama afiada para Athos:

– Toma.

– *Vôte!* O que-que é isso? – estremeceu o estagiário.

– A prova de que você precisa para garantir o seu estágio. Será com elas que irei provar a existência da fera dos mares. Fui eu mesmo que fiz, no meu apartamento. Nem parecem falsas. Pena que só elas não vão adiantar...

– Por quê?

– Confirmei hoje com o Dr. Alberto Carvalho Jr. que levaria um espécime filhote para apresentação.

– O quê?! – Athos tinha vontade de se jogar de uma prancha em alto-mar. – O que o senhor foi fazer? Não creio que se complicou ainda mais! E toma esta escama! Pode ficar com ela. Se eu levar isso hoje, amanhã, quando descobrirem a farsa, estarei em apuros tanto quanto o senhor.

– Mas não vão descobrir a minha farsa! Tenho uma ideia!

Athos tamborilou os dez dedos da mão na testa.

Boquiabertas, com a respiração suspensa, Isabela e Linda não acreditavam que a fera dos mares fosse pura farsa! Quer dizer, desconfiavam de que alguma coisa estivesse exagerada, mas não que Dr. Sousa-e-Silva armara tudo aquilo pondo em risco sua renomada reputação como cientista.

– Se Athos se envolver nessa loucura, nunca mais estagiará em canto algum! – se preocupou Isabela assim que a amiga retornou para junto dela.

– Ele já está encrencado, pois, provavelmente, não irá contar nada – declarou Linda. – Nós é que não podemos ficar omissas! Dr. Pereira tem que ser alertado antes que o nome da Corporação afunde junto com essa insanidade toda.

A ESPERANÇA

Isabela e Linda se levantaram devagarzinho, evitando qualquer ruído. Num segundo, se afastavam velozes.

– Athos está encrencado... – comentou Isabela, angustiada.

– Esqueça esse garoto! Seu namorado não vai gostar de saber dessa preocupação toda...

– Mas...

– Bela, preste atenção, ou salvamos a nossa pele ou nos afogaremos junto com Athos nesta história!

Athos, além de tamborilar os dedos pela testa, iniciou uma curta caminhada de um lado para o outro.

– Não precisa se preocupar tanto! – insistiu Dr. Sousa-e--Silva. – Já tenho quase um novo plano.

– Isso não vai dar certo! Já estou vendo!

– Não, Athos! Escute! Será mais ou menos assim. Apresentarei as escamas, mas defenderei a inocência da fera. Direi que ela, apesar do nome, de uma aparência bizarra e de ficar muito grande quando adulta, é dócil e inofensiva. Que vive em alto-mar e que a que apareceu por essas praias se perdeu do seu bando e, ao ser pega por uma corrente marítima, veio parar na costa, como acontece com as baleias! E vão acreditar! Sobre os ataques, como não houve nenhum mesmo, as pessoas logo se acalmarão. Negarei também todos os pontos negativos. Direi que a maioria das coisas é boataria. E, afinal, contradições e ruídos na comunicação sempre existiram. Viu? Meu novo plano pode dar certo!

– Não dará, não! – rebateu o ex-estagiário, incrédulo. – Continuar mentindo só vai piorar as coisas. Onde está a sua ética, Dr. Sousa-e-Silva?

O velho cientista abaixou o rosto.

– O senhor é o meu orientador... Não poderia estar fazendo isso...

Athos não conseguia crer no que estava acontecendo. Para o rapaz, era mais difícil de acreditar na atitude do seu ex-supervisor do que na invenção de uma fera dos mares.

– Não sei se o senhor se lembra... – o rapaz começou – mas no meu primeiro dia de estágio tivemos alguns minutos de conversa. E nesse dia voltei para casa impressionado com as palavras que ouvi...

Dr. Sousa-e-Silva ergueu a cabeça. Apenas se lembrava vagamente daquela conversa. Athos prosseguiu:

– O senhor falou com tanta emoção sobre a importância de se pesquisarem os ecossistemas marinhos, sobre o próprio método de se fazer ciência, as descobertas que já tinha feito... Naquele dia, queria me tornar mais que um cientista. Queria ser um cientista excepcional como o senhor! Mas a nossa conversa não ficou só nisso... Também explicou como é difícil conquistar o nosso espaço, preservar o nosso trabalho e a nossa integridade como profissionais. E que para isso era preciso ser ético. Aliás, antes de tudo, era preciso ser ético. Porque, se não formos éticos com aquilo que estamos fazendo, o esforço não vale a pena. Essas foram as suas palavras. Eu me lembro. E depois de ouvi-lo, não queria ser somente um cientista excepcional como o senhor. Queria ser seu amigo...

– Puxa... – suspirou o cientista. – Mas você é, Athos! Você é! É que, entre a teoria e a prática, muitas vezes se instauram obstáculos. E apesar de ter falado em ética, reconheço que não fui nada ético... Quando tive a ideia da fera dos mares ela me pareceu formidável! Era a forma mais fácil de retornar à CPEM, mas realmente não era a melhor... E, para completar, me perdi em meio a minha invencionice... Não calculei que a minha criatura fosse se transformar num verdadeiro monstro...

– Como não iria com esse nome? E com aquele discurso todo na frente da CPEM? – questionou Athos. – Fora ainda os boatos dos perigos representados por essa criatura que o senhor mesmo espalhou e aumentou. Ai, ai, ai...

– Nem todos – ele tentou se defender.

– Mas deu margem pra isso – Athos respirou fundo antes de concluir. – A culpa é sua, Dr. Sousa-e-Silva.

Passaram um bom tempo sem se fitar ou falar.

Ofegantes, Isabela e Linda adentraram no prédio da CPEM. Perguntaram à recepcionista onde estava Dr. Pereira e logo tomaram o elevador na direção da sala do supervisor.

Linda, ansiosa, bateu na porta e nem esperou a autorização para abrir. A estagiária se surpreendeu ao ver o projeto do dessanilizador de baixo custo em cima da mesa.

Dr. Pereira virou a capa e se ergueu, fingindo preocupação:

– Athos já voltou? Trouxe algo sobre essa mitológica criatura?

– Ela não existe – quem respondeu foi Isabela.

– A fera dos mares é uma farsa – completou Linda, meio desconfiada do jeito do Dr. Pereira.

– Hum... – fez Dr. Pereira. – As contradições e a falta de provas dos ataques não me conduziam a outra conclusão. Mas me questionava que, se era mesmo falsa, Dr. Sousa-e-Silva estaria submergindo para sempre a carreira dele. Algo contrário a quem queria regressar à Corporação. Não era lógico ou lúcido, pelo menos. Por isso, posso confessar que, na realidade, estava em dúvida. Agora, vocês sabem o que ele pretende fazer amanhã na exposição pública?

– Tentar enganar a todos com umas escamas que ele mesmo produziu – explicou Linda.

– Como descobriram isso tudo?

– Escutamos a conversa – disse Isabela. – Eles estão no parquinho da orla.

– Eles?

Isabela hesitou, arrependida de ter usado o plural sem querer. Linda explicou sem rodeios:

– Athos está com ele.

– Embora, pelo que entendemos, não esteja envolvido – defendeu Isabela.

– Não confie tanto assim naquele estagiário! Mas bom trabalho, garotas! – elogiou o cientista com um sorriso forçado. – Merecem até um dia folga, apesar de terem começado nesta semana. Quero vocês duas longe da confusão de amanhã. Será melhor.

Linda olhou para a amiga, ressabiada. E, num gesto rápido, pegou o projeto sobre a mesa.

– Como isto veio parar na sua mão? Não está totalmente pronto, por isso ainda não havíamos entregado ao senhor.

– Ah! Achei na área de trabalho do *notebook* do laboratório. Então, decidi dar uma olhadinha... Está muito melhor do que eu imaginava...

Linda folheou o projeto rapidamente e estranhou a presença de uma cópia carimbada na página final.

– O que é isso?! – perguntou, assustada. Ela não conseguia acreditar no que os seus olhos viam.

– A cópia de um registro de patente! – Isabela respondeu trêmula.

– É o nosso dessalinizador! – Linda se enfureceu. – Você registrou no seu nome?! Isso é roubo!!!

Dr. Pereira fechou a cara, maquiavélico.

Os miolos de Athos ferviam no parquinho.

– Desista do plano! – pediu o estagiário.

– Não posso mais! Será pior!

– Por favor, pare de esconder a verdade...

– Eu queria, Athos... Eu queria...

– Se o senhor sabe o que é certo, por que não age de modo ético? Por que continuar mentindo? Vale a pena toda essa farsa?

Dr. Sousa-e-Silva não respondeu.

Athos não sabia o que fazer. Queria ajudar o cientista. Apesar de tudo, ele ainda o considerava um amigo. Mas prosseguir com essa história de fera dos mares não iria resolver nada. Ao contrário, complicaria ainda mais as coisas. Seus pensamentos, no entanto, foram interrompidos pelo Dr. Sousa-e-Silva:

– Você tem razão, Athos. Sei o que é certo fazer. Mas, infelizmente, não consigo... E acho que não sou só eu... Todo mundo pensa no próprio umbigo, nas vantagens que pode conseguir e não age de modo certo. Às vezes, tomamos atitudes tão mesquinhas e, o que é pior, não nos envergonhamos do que é realmente vergonhoso...

– Ladrão!!! – gritou Linda, avançando contra Dr. Pereira. Ele a reteve com um só braço.

– Se eu apresentar esse projeto, a CPEM investirá imediatamente – argumentou o cientista quase num berro. – A autoria não importa se o que mais desejamos é vê-lo solucionando a questão da água no planeta. Não é isso que realmente importa? Portanto, não sejam egoístas e imaturas. O que está em jogo é o progresso da ciência!

– Não distorça as coisas! – bradou Linda. – Desde que nós duas entramos na universidade, resolvemos nos esforçar para desenvolver um projeto benéfico para o futuro. E assim que nos conhecemos no laboratório do *campus*, nos tornamos amigas e bolamos juntas esta proposta. Trabalhamos dia e noite nisso! Você não tem o direito de roubá-la da gente assim!

– Acho que a gente pode discutir a questão da autoria com Dr. Alberto... – argumentou Isabela, procurando uma saída para toda aquela situação. Os ânimos estavam muito agitados. – Será melhor... Ele parece tão acessível...

Dr. Pereira bufou. Em seguida, empurrou Linda para um canto do escritório. Depois, impediu que Isabela corresse,

segurando o pulso da estagiária e apertando firmemente, fazendo-a dobrar de dor. Em seguida, com alguma dificuldade, conseguiu fechar a porta. Então, sacou um lenço do bolso, retirou da gaveta um pequeno frasco e, após vários contratempos no embate com as duas, conseguiu desacordá-las. Primeiro, Isabela; depois, Linda, que esmurrava a porta gritando por socorro. Logo elas se encontravam amordaçadas e amarradas umas às costas da outra, com as cordas ligadas a uma das pernas da pesada mesa.

Dr. Pereira se retirou com um sorriso maquiavélico. Trancou a porta e guardou a chave dentro da carteira, no bolso traseiro.

Anoitecia. Athos e Dr. Sousa-e-Silva adentraram a Padaria Farol. Apesar da incógnita sobre o que fazer, o cientista sugeriu que fossem comer alguma coisa. Com fome, não encontrariam nenhuma resposta.

Depois de entrar, foram à área do *self service*. Enquanto Athos colocou um pouco de nada de cuscuz com charque no prato, Dr. Sousa-e-Silva fez uma montanha com macaxeira, inhame, sardinhas fritas e posta de peixe. Sentaram-se à mesa. Àquela hora, poucas mesas estavam ocupadas.

– Só isso, Athos? – perguntou o pesquisador comparando o volume dos dois pratos.

– Não estou com muita fome...

– Você está preocupado com seu futuro, né?

– Neste momento, não... Estou preocupado com o senhor. Sua saúde está em dia?

– Ah, sim, sim está...

– Mas *caprichasse* na encrenca, hein, Dr. Sousa-e-Silva?

– Não se preocupe comigo – disse o cientista, sem saber ao certo se agora o rapaz falava do tamanho do prato ou da fera dos mares. – Podemos ganhar tempo com as escamas...

– Esqueça essa ideia – Athos sussurrou. – Não vê que isso pode significar o fim da sua carreira?

Dr. Sousa-e-Silva limitou-se a abaixar a cabeça. Era irônico – e também vergonhoso – que os papéis se invertessem. O renomado cientista que deveria guiar o estagiário estava recebendo orientação do jovem rapaz. Balançando a cabeça em negativa, Dr. Sousa-e-Silva colocou metade de uma sardinha na boca. Mas quase não conseguiu engolir com o susto que teve quando alguém tocou o seu ombro.

– Ah! – fez Athos, também assustado.

Era Dr. Pereira, que sorria com aparente tranquilidade. Ele e Athos trocaram olhares temerosos. Não disseram nada. Talvez Dr. Pereira só estivesse ali para tentar pescar algo.

– Desde o início desconfiei da veracidade desta história – começou o recém-chegado. – Mas você afirmou que tinha provas e os boatos se alastraram de tal forma pela cidade que acreditei na possibilidade. Infelizmente, suas escamas não serão suficientes para convencer ninguém.

– Ah!!! – fez Dr. Sousa-e-Silva, quase se entregando. – Você está blefando!

– No entanto, não vou denunciá-lo – Dr. Pereira continuou sem se alterar. – Deixarei que a humilhação amanhã seja pública! Escamas? Que ideia torpe!

– Seu...

– Acho melhor tratar de encontrar uma fera dos mares no mercado de peixes – sugeriu, gozador, o arqui-inimigo antes de ir embora.

Depois de segundos estáticos vendo o outro se distanciar, Athos quebrou o silêncio:

– Co-mo ele descobriu?!

Com as mãos na cabeça, Dr. Sousa-e-Silva não conseguia falar absolutamente nada.

Alguns minutos se passaram até que uma desconhecida voz assustou o cientista e seu ex-estagiário:

– Que é que houve, gente da ciência?

Se a dupla quisesse um pouco mais de privacidade para pensar no que fazer, não seria exatamente naquela padaria. Ao lado da mesa, estava um pescador de chapéu de palha na mão e uma vara com anzol apoiada no ombro. Alto, estrutura magra, mas forte, tinha a pele avermelhada de tantos anos de lida ao sol.

– Sou José. Zé, para os íntimos. Feliz em conhecer.

– O-oi... – só Athos pôde responder.

– Que é que aflige o povo do prédio mais alto e bonito da orla? – perguntou divertido, apontando com o queixo para o logotipo no jaleco do rapaz.

– Um mamífero meio peixe...

– Ora! A fera dos mares! O irmão do meu peixe favorito!

– Hã? – fez a dupla de cientistas.

– Será que esse aí é bom? O peixe-surfista é gostoso demais! Ontem mesmo peguei um; pequeno, confesso, mas peguei. Frito no azeite é de acabar com qualquer um!

– Peixe-surfista?! – repetiu Dr. Sousa-e-Silva. – Do que você está falando?

– Sim. Acho que é o irmão da fera dos mares. O peixe-surfista é também fera nos mares, ou melhor, nas ondas. Só que é bem mansinho, apesar de ser meio feioso, acho que parecido com o que dizem do outro. Talvez sejam bem diferentes na realidade, pois as escamas do meu parecem prancha parafinada, branquinha... Ele nada mais perto da meia-noite e vai até umas oito, nove horas da manhã. E desliza na superfície das águas como um surfista. Mas isso vocês já devem ter imaginado... Ele apareceu por aqui nas últimas semanas, mas a fera dos mares acabou roubando a fama dele. Sabe como é? Não apareceu na televisão... Mas não é qualquer pescador que consegue pegar o peixe-surfista, não. Por isso, quase ninguém acredita em mim... Se quiserem, pesco um pra experimentarem...

A CAPTURA

Dr. Sousa-e-Silva, José e Athos saíram da Padaria Farol. Não poderiam tratar daquela história ali, afinal, já bastava o susto que a presença inesperada do Dr. Pereira causara. E parecia que ele, não se sabe como, já sabia demais. Foram para a orla.

– Será? Não! Não! Não pode ser! É maluquice! Essa criatura não existe! – Dr. Sousa-e-Silva não sabia se exclamava ou interrogava.

Contudo, uma ideia maluca tanto quanto a farsa que aquele cientista criara se formulava em sua cabeça. Parece que quando o assunto era a fera dos mares, ele perdia o controle e se deixava levar pela loucura, pela euforia. Colocar sua reputação em risco parecia não ser um problema para ele.

– Como que não existe? E eu comi o quê? – O pescador deu dois tapas na barriga sobressalente.

– Por que ele se chama peixe-surfista, mesmo? – quis confirmar Athos, cético com o que ouvia.

– Porque ele nada na superfície com metade do corpo fora das ondas por uns segundos. É uma fera no surfe!

– Por quanto você vende um desses? – quis saber o cientista.

– O quê?! – Athos berrou com o rosto transfigurado numa careta de estupefação.

– Olha, o irmão do bicho *tá* na moda, né? Saiu até no noticiário da cidade... Mas eu não o tenho pescado, não. Ainda vou pro mar. Aliás, vou daqui a pouco. Se quiserem, trago um pra vocês. Mas ele não chega a ser um monstro como o irmão malvado dele parece ser, *visse*? O meu só tem uma cara troncha, meio torta, acho que já falei... E também não é tão grande como o outro... Mas até a cabeça do meu surfistinha é uma delícia no azeite!

Dr. Sousa-e-Silva falou para Athos que balançava a cabeça em negativa:

– Minha fera dos mares não existe! Mas há tantas criaturas que estão sendo impelidas para a costa nos últimos anos que se esse peixe for, realmente, de uma espécie desconhecida ou quase desconhecida, pelo menos para a Corporação, a cidade, sei lá!, como parece ser, já me salva a pele e não viro moqueca!

– E como é gostoso o bicho feito na moqueca! – José reforçou, visivelmente querendo vender o peixe antes mesmo de entrar no mar. – Nem precisa de sal. O mar já temperou na medida certa!

– Quanto você quer? – inquiriu o cientista para desespero de Athos.

– Não... – gemeu o estagiário.

– A gente negocia... Mas pro senhor faço um precinho bacana...

– Combinado! – Dr. Sousa-e-Silva fechou a compra sem nem ver a mercadoria. – Pegue um desse pra mim hoje à noite que pago o dobro do preço que o senhor colocar! Mas quero ele vivo! – ressaltou.

– O cientista é bom de negócio! Vou aprumar o barco que já, já estou saindo. Não arrede o pé daqui que trago o seu peixe no capricho, *visse*?

– Melhor que isso! O Athos vai com o senhor!

– Eu? – o rapaz apontou o indicador para si próprio. – Passar a noite em alto-mar?!

O ex-estagiário sentiu vontade de arrancar os parcos fios de cabelo que restavam na cabeça do seu ex-supervisor. Porém, pensando de modo otimista, toda aquela loucura poderia representar uma esperança... Quase como encontrar um peixe luminescente em meio às profundezas do oceano. E se...

– Está bem. Eu vou... – e suspirou resignado, seguindo o pescador.

– Eita, que o moço da ciência é cheio de atitude... – comentou José. – Vamos! Vamos! Pode me acompanhar!

E o cientista teve vontade de tomar um banho de mar, tamanha sua alegria.

Minutos depois, o barco já se embalava num ponto qualquer do mar.

Com uma vara de pescar bem simples e com uma minhoca na agulha, José aguardava que o peixe-surfista fisgasse a isca.

Athos olhou para a lua minguante, olhou para a escuridão do céu, olhou para o negrume do mar, sentiu o enjoo começar e se arrependeu de ter se dedicado à biologia marinha.

– Por que o moço cientista não conversa?

O estagiário estranhou:

– Isso não espanta os peixes?

José caiu numa sonora gargalhada, rasgando a quietude da noite.

– Espanta nada! Isso é conversa de pescador pra tirar um cochilo! Peixe gosta mesmo é de ouvir história! Você tem alguma pra contar?

– Não – respondeu, Athos sem ânimo nenhum para bate-papo.

– Todo mundo tem uma história pra contar, moço da ciência! Conte uma!

– Era uma vez duas meninas que não gostavam de sorvete. Fim. Sua vez.

– *Armaria*! O moço cientista é direto com as palavras!

– Isso é um elogio?

– Não. É uma crítica! – e José deu outra gargalhada, mais barulhenta ainda. – Por isso que as meninas não quiseram tomar sorvete. O moço cientista tem que saber conquistar as moças. Elas são da ciência também?

Athos não queria prolongar a conversa, mas acabou respondendo:

– São.

– *Vixe*! Aí, é que os amores deveriam ser mais fáceis! Um cientista mais uma cientista dão um cientistazinho ou uma cientistazinha. Às vezes dois, ou três...

– Não pedi cientista nenhuma em casamento para o senhor ficar falando em cientistazinhos...

– Mas a conquista da ciência não é para ampliar, crescer o mundo?

– O senhor está confundindo as coisas – disse Athos, perdendo a paciência.

– Não estou. Você é que não sabe usar as palavras, *visse*? Vou contar uma história. A da minha vida. Escute. Meu pai, que hoje está bem velhinho, era um pescador muito garboso quando moço. Aí, ele conheceu uma moça...

Amanheceu sem que Dr. Sousa-e-Silva saísse da praia. Porém, não avistava mais nem o ex-estagiário nem o pescador. Conferiu as horas no relógio de pulso. A preocupação bateu forte.

E se o pescador não conseguisse o peixe-surfista? E se pensassem que Athos estava metido nessa história maluca com ele?

"Athos tem razão..."

No fundo, o cientista sabia que mais cedo ou mais tarde sua farsa seria descoberta e que todo esse esforço seria em vão. Mas o medo de admitir o erro e reconhecer a justiça no seu desligamento da CPEM o impediam de dar o passo certo. No entanto, era hora da verdade. Não poderia de nenhum modo prejudicar Athos.

Dr. Sousa-e-Silva respirou fundo e decidiu, avisando às ondas do mar que molhavam os seus sapatos:

– Não esconderei mais a verdade, Athos!

– Bela! Bela! Acorda!

Linda jogava o corpo de um lado para o outro, tentando afrouxar o laço da corda que as prendiam. Depois de muitos malabarismos com os músculos da face, conseguiu afrouxar a mordaça.

Isabela, depois de um bom tempo, despertou, mas só pôde emitir gemidos. A mordaça não abaixava de jeito nenhum. Seus olhos assustados denunciaram a estranheza ao não reconhecer o lugar onde estavam. Era um banheiro que parecia desativado ou em reforma, cheio de poeira.

De repente, a porta foi aberta. Era o próprio Dr. Pereira.

– Quer dizer, então, que já acordaram?

– Nos solte imediatamente! – exigiu Linda. – Fique ciente que ao sair daqui vou denunciá-lo. Será o fim da sua carreira de cientista! Seu naufrágio não tardará!

– Tsc... tsc... Desta forma, você não me dá alternativas, Linda... Já basta o trabalhão que me deu trazê-las até aqui sem ser visto, porque não poderia deixá-las no meu escritório. Ainda bem que me lembrei desta obra parada... Mas vim aqui para conversamos civilizadamente, ver se podemos fingir que nada aconteceu...

– Fingir que nada aconteceu?! Me recuso a acreditar que ouvi isso. Não vamos fazer acordo nenhum com um animal como o senhor!

Ele balançou a cabeça em negativa.

– Mas estou me sentindo um capitão de navio que aportou em território de selvagens...

Retirando um lenço do paletó, encharcou-o com o mesmo líquido do frasco do dia anterior e apagou de novo as duas amigas.

– Fiquem caladinhas e quietinhas aí! Em breve, resolvo o futuro das duas. Bem... Se é que haverá algum para vocês no fundo do mar...

No térreo da Corporação de Pesquisas dos Ecossistemas Marinhos, o auditório estava lotado e barulhento. Todos conversavam enquanto aguardavam ansiosos.

Sentada na primeira fila, Dagmara, ao lado da filha Janaína, segurava firmemente a sua mala. Se houvesse comprovação dos ataques da fera que ameaçava o litoral da cidade, assinaria, em seguida, o contrato de aluguel da sorveteria e viajaria no mesmo dia para o interior.

– Mãe, a senhora tem certeza que quer fazer isso?

– Meus nervos não aguentam mais viver no litoral, minha filha...

– Tenho receio de que a senhora passe mal quando a fera dos mares entrar no auditório...

– Não se preocupe, Jana... Vou ficar bem.

– A senhora que sabe... – Janaína esfregou as mãos nos braços. – *Oxe*... Como é que as pessoas aguentam esse frio todo? Já estou com vontade de ir ao banheiro. Já que as coisas não começaram, vou dar um pulinho lá.

– Volte logo – pediu Dagmara.

Assim que a filha da dona da sorveteria saiu do auditório, chegaram os doutores Alberto Carvalho Jr., Pereira e o tão aguardado Sousa-e-Silva. As vozes cessaram de imediato.

O trio atravessou o ambiente rapidamente e sentaram-se à grande mesa ao lado de outros pesquisadores da CPEM.

Dr. Alberto Carvalho Jr. tocou firme no ombro do Dr. Sousa-e-Silva, dizendo:

– Parece que foi um erro termos desligado o senhor. A fera dos mares é a descoberta do ano no mundo científico.

Dr. Sousa-e-Silva engoliu seco.

De volta ao mar e com o sol alto...

– Aí, lembrei de tudo aquilo que meu pai falou quando conheci uma incrível morena nos meus 25 anos...

– Chega de conversa! Faz tempo que amanheceu! Cadê o peixe-surfista?! – Athos se ergueu. Não aguentava mais ouvir aquela autobiografia.

– Ele está pertinho da gente, só escutando... Continua sentadinho aí, moço da ciência.

Athos estava cansado. Não bastasse a aventura amorosa do pai do pescador e da infância e adolescência do José, teria de escutar os romances da fase adulta também.

– É preciso saber chegar junto e convidar para o sorvete... Não pode ser direto... Fazendo a coisa certa, a mulher vira até dona de sorveteria por sua causa!

O estagiário estranhou.

"Será que...?"

– O senhor é marido da Dagmara?!

– Ué, você conhece minha ex-mulher?

– Claro! É a dona da sorveteria mais conhecida da orla!

– Depois que ela abriu a sorveteria me largou...

– Por quê? Ah... Como você me vem falar de conquista amorosa se está separado?

– A conquista é feita com palavras, moço da ciência. É preciso ter lábia. Aumentar aqui, contar uma história acolá, inventar uma coisa ali...

– Peraí! Você está falando em mentir?

– Não é bem essa palavra... Tem que saber usar as palavras, eu já avisei, moço da ciência, senão você não ganha mulher nem o dobro do dinheiro de um peixe...

Os olhos de Athos se arregalaram. Uma ideia que veio a sua cabeça o fez saltar sobre o pescoço de José.

– Fui burro, maluco em deixar o Dr. Sousa-e-Silva acreditar nessa sua conversa de pescador!

– Cal-ma! Cal-ma!

Athos se sentia o rapaz mais palerma do mundo. Quis esganar efetivamente o pescador a sua frente.

A briga balançava o barco de um lado para o outro, ameaçando-o virar, quando, de repente, saltou das águas sobre eles um bizarro e grande peixe de escamas tão luminosas que refletiu a expressão abismada dos dois.

O SALVA-VIDAS

Não era exatamente o peixe-surfista e muito menos a fera dos mares. Mas tinha alguma coisa de diferente e isso já servia.

Athos e José nem se mexeram durante o salto do peixe enorme e desconhecido. Só quando ele mergulhou de volta na água foi que caíram em si. Nunca tinham visto aquele tipo de peixe.

– Temos que pegar! – berrou o estagiário.

O pescador enfiou a mão na lata de minhocas, prendeu umas dez no anzol e o lançou na água. O coração dos dois estava a mil. Precisavam daquele peixe. Não demorou muito para que a criatura abocanhasse o café da manhã caprichado. Com esforço, a dupla tentou erguer o pesado animal.

No entanto, a vara arrebentou ao meio.

Athos se desesperou:

– Pega! Pega!

A movimentação em cima do barco foi tamanha que fez virar a embarcação, derrubando, assim, os dois tripulantes.

Ao emergir, o estagiário ouviu:

– Socorro! Socorro! Salva-vidas! Não sei nadar!

Athos estancou incrédulo. O pescador se debatia engolindo mais e mais água.

No auditório, Dr. Alberto Carvalho Jr. se aproximou do púlpito e abriu a solenidade:

– Bom-dia a todos os presentes! É uma honra contar com a presença dos cidadãos da nossa cidade. Estamos reunidos hoje para conhecer a famigerada fera dos mares. Esse animal que anda preocupando a todos no litoral. Sei que há muita curiosidade e dúvidas acerca dessa estranha criatura marinha, por isso não irei me prolongar. Apenas agradeço a participação de todos e, sem qualquer delonga, com a palavra Dr. Sousa-e-Silva.

Na plateia, Dagmara apertou ainda mais a alça da mala. A mão fria suava. Um só adjetivo poderia determinar ou não sua fuga da cidade.

Devagar, Dr. Sousa-e-Silva se levantou e chegou lentamente ao microfone. Queria adiar a tão esperada hora da derrocada definitiva. Mas estava firme na sua decisão. Athos estava certo. Ele não poderia continuar com aquilo. Junto ao púlpito, sentiu os olhares das pessoas e os *flashes* da imprensa. Todos ansiavam pelas suas palavras. Não podia ver, mas imaginava um sorriso de escárnio no rosto de Dr. Pereira atrás de si.

– Bem...

Esfregando o corpo contra as cordas, Linda conseguiu soltar uma das mãos e, com um tremendo malabarismo, arrancou a mordaça. Estava tonta, mas não podia desmaiar.

Aos poucos, foi desfazendo o nó e se viu livre. Em seguida, tentou reanimar Isabela.

– Vamos, Bela! Erga-se!

Mas a companheira de pesquisas não reagia de jeito nenhum.

– Droga! Por que ela não prendeu a respiração como eu? – Depois, olhou de um lado para o outro se sentindo encurralada. – Como vou sair daqui sozinha?

A consciência de Athos obrigou-o a ajudar José. O rapaz deu algumas braçadas na direção do pescador e o fez se segurar nele.

– Obrigado! Obrigado! – José era só agradecimento.

Com dificuldade, reviraram o barco. Aí, o estagiário teve uma grata surpresa: o peixe não se desvencilhou do anzol e a linha com o pedaço de vara enganchara num dos bancos. Ao aprumarem a embarcação, o animal ficou pendurado num dos lados. Trôpegos, quase afogando um ao outro, colocaram o peixe dentro do barco e subiram.

– Nossa! Como ele é grandão! Ele reflete as nossas fuças e parece um espelho...

– Precisamos dele vivo! – alertou Athos. – Temos que prendê-lo e deixar um pouco de água aqui dentro.

Agiram rapidamente e logo rumavam de volta à praia. Athos gritou em alto-mar como se fosse possível ao Dr. Sousa-e-Silva escutá-lo:

– Conseguimos! Conseguimos!!!

No auditório, toda a atenção estava voltada para Dr. Sousa-e-Silva. Se no início da semana ele queria regressar à Corporação, agora desejava escapar para bem longe dali. Talvez visitar uma sobrinha-neta que há muito não via e que mandara recentemente um cartão-postal da Argentina.

– Bem... – hesitou novamente.

Se fosse possível, a dona da sorveteria apertaria ainda mais a alça da mala.

– A fera dos mares... – fez uma pausa. – ...não é perigosa! – comunicou.

Comentários invadiram a plateia. Dagmara soltou a respiração. Mas pedidos de silêncio foram ouvidos entre a multidão e as vozes cessaram logo. Os cidadãos queriam mais.

– E os ataques nunca aconteceram!

O barulho difuso de todo mundo conversando ao mesmo tempo tomou conta do recinto. Alguns acreditavam e outros não aceitavam.

Dr. Sousa-e-Silva estremeceu diante de toda aquela multidão e... desistiu de desistir!

– Os boatos espalharam informações inverídicas sobre a criatura – asseverou, falando muito rápido. – Na realidade, ela é mais mansa que um golfinho. Jamais atacaria qualquer ser humano mesmo que fosse para se defender. Provavelmente, uma corrente marinha a trouxe para costa, afastando-a de algum grupo, da sua família. É sabido de todos que o ecossistema marinho apresenta inúmeros animais a serem descobertos. Não podemos vasculhar em toda a sua profundidade. E, como os animais evoluem ao longo do tempo, encontrar um ser desconhecido na praia não é algo tão raro assim.

– Mostre-nos o exemplar que capturou! – exigiu Dr. Pereira com um sorriso de escárnio. – Estamos aguardando, Doutor! Todos não veem a hora de conhecer essa estranha criatura marinha que o senhor descobriu em nossa orla.

Com as mãos trêmulas de nervosismo e raiva, o cientista conseguiu retirar as escamas do bolso. Sem querer, cortou-se em uma delas.

– Ai... Aqui estão as escamas da fera dos mares que ajudam na sua fuga dos predadores. São muito afiadas. Mas extremamente polidas, colaborando na sua ágil locomoção. Ah, vale ressaltar também que essa criatura é uma mescla de mamífero e peixe.

– Escamas?! – surpreendeu-se Dr. Alberto Carvalho Jr.

– Não queremos escamas! – provocou o cientista à mesa. – Queremos o próprio animal!

– Onde está o espécime? – questionou o diretor executivo. – Mande entrar logo! Vamos! Todos estão aqui para vê-lo! O senhor me confirmou que o traria hoje!

Dr. Sousa-e-Silva olhou para todos da mesa. Depois, para a plateia. O arrependimento bateu.

"Por que não escutei Athos? Por quê?"

O cientista viu os olhos exigentes de muitos e, em especial, de Dagmara. Sentiu-se sem bússola e mapa, vagando sozinho em pleno Oceano Atlântico.

Então, Dr. Sousa e-Silva concluiu que não poderia manter tudo aquilo por muito mais tempo. Não havia outra rota a percorrer. Sua farsa não resistiria. Chegara a hora de acabar com aquilo.

– Alguém me ajuda! SO-COR-RO!!!

Linda batia contra a porta, furiosa.

– Você está presa?

A estagiária estranhou a voz feminina que vinha do outro lado da porta.

– Quem é você?

Era Janaína que, perdida na CPEM procurando o banheiro, escutou as batidas e os gritos da estagiária.

– Você está presa? – perguntou novamente a filha da dona da sorveteria.

– Sim! Me prenderam aqui. Por favor, me ajude a sair! – pediu Linda. – E rápido!

– Vou chamar a segurança!

Enquanto esperava, Linda olhou firme para a amiga ainda desacordada e disse:

– Bela, fique bem! Vou caçar aquele cientista como se eu fosse um tubarão. Ele vai arcar com as consequências do que fez.

– Bem...

– Onde está o espécime? – perguntou novamente Dr. Alberto Carvalho Jr., impaciente.

A inquietação dos espectadores só aumentou com a repetição da pergunta.

Dagmara queria ir embora. Sentia medo. Mas uma espécie de fascínio a prendia ali, naquele auditório. Tinha que comprovar a existência da ex-temida criatura.

– Cadê a fera dos males? – perguntou.

– Afinal, como ela é realmente?

– Onde está a fera dos males?

– Tragam-na e logo!

As perguntas e as exigências se repetiam incessantemente pelo público. E o apelido pegara.

Não havia outro caminho para Dr. Sousa-e-Silva. Confessou, então, num grito, para o espanto geral:

– A fera dos mares não existe!!!

Muitos se levantaram dos assentos. Entre eles, o diretor executivo da CPEM:

– Como?!

Neste segundo, antes de que o cientista pudesse dizer algo mais, eis que adentrou no recinto, trazendo o peixe recém-capturado dentro de um aquário, o estagiário Athos.

– A nova descoberta da CPEM é o peixe-espelho! – bradou com um sorriso o rapaz.

Todos que se debruçaram sobre o aquário viram suas caretas refletidas nas escamas do ser marinho.

A CONCLUSÃO

Todos no auditório estavam em pé. Muitos se alvoroçaram para ver de perto a criatura no aquário. A desordem tomou conta do local.

Indo de encontro à multidão, Athos se aproximou do palco e falou o mais discretamente que pôde para Dr. Sousa-e-Silva:

— Na realidade, o peixe-surfista também não existe.

— O quê?! Como assim?

— Mentira de pescador — respondeu o estagiário. — Fomos enganados.

— Então, o que é aquilo que você trouxe? — quis saber o cientista.

— Não dá para explicar muito bem agora. Mas é uma espécie de peixe de que nunca ouvi falar. Pelo menos, não me lembro de ter visto ou lido nada parecido... Mas pode chamá-lo por hora de peixe-espelho. Sua pele está salva, Dr. Sousa-e-Silva – sorriu o estagiário confiante.

– O que é que está acontecendo?! – perguntou Dr. Alberto Carvalho Jr. por sobre a mesa.

– Não acredite em nada do que esses dois digam – berrou Dr. Pereira. – Isso tudo não passa de uma farsa planejada pelos dois! Esse garoto também precisa ser expulso da CPEM!

Dr. Sousa-e-Silva lançou um olhar sério para o seu arqui-inimigo. O ex-supervisor de Athos não aceitaria que falassem mal ou quisessem destruir a carreira do seu esforçado ex-estagiário. Os olhos de Dr. Sousa-e-Silva fitaram o rosto sério de Dr. Alberto Carvalho Jr., que era a cara do pai, seu amigo e cientista Dr. Alberto Carvalho, e, em seguida, voltaram para Athos.

Mesmo com tanta algazarra a sua volta, o cientista pôde pensar por um instante. Havia uma farsa, concordou. Havia mentiras. Isso era inegável. Mas ele não poderia continuar enganando mais ninguém. Muito menos prejudicar a quem ele queria tão bem. Então, segurando firme o microfone, Dr. Sousa-e-Silva bradou:

– A fera dos mares não existe! O que existe é o peixe-espelho descoberto pelo Athos!!!

Porém, a confusão das pessoas seguia tão grande que quase ninguém deu a mínima para a confissão do cientista. Só Dagmara deu um salto da cadeira.

– Não existe? – balbuciou incrédula. A dona da sorveteria se sentia mais perdida que criança na praia.

Dr. Alberto Carvalho Jr., no entanto, ficou estupefato.

– O que você está querendo dizer, Dr. Sousa-e-Silva? Explique-se imediatamente! – exigiu o diretor-executivo da CPEM.

– Foi ele!!!

O grito de Linda invadiu o auditório e sua entrada despertou a atenção de todos que estavam sobre o palco. A estagiária estava suja de poeira e, ao seu lado, estava Janaína, que a ajudara a sair do banheiro desativado. Ao lado das duas, um dos seguranças da CPEM.

Dr. Alberto Carvalho Jr. sentia que perdera o controle da situação. A Corporação estava entregue à loucura.

Dr. Pereira quis falar algo, mas logo desistiu. Bufou, sentindo-se encurralado. Ergueu-se rápido, procurando um ponto de fuga.

– Athos, segure-o! – ordenou Linda ao estagiário.

Num ato de desespero, o cientista empurrou o rapaz a sua frente para saltar do palco e fugir. Athos caiu sobre uma das cadeiras da plateia. No entanto, Dr. Pereira não avançou muito além do salto. Dr. Alberto Carvalho Jr. foi rápido e segurou-lhe o braço.

– Acho que não só é Dr. Sousa-e-Silva que está com problemas – falou severamente o diretor da CPEM enquanto apontava com o queixo para o trio recém-chegado. – Temos uma conversa séria pela frente, Dr. Pereira. Parece que mais algum dos meus cientistas andou aprontando, não é? – E olhando para os demais. – Vamos ter uma longa reunião! Nem que seja na delegacia!

Linda lançava olhares furiosos ao Dr. Pereira. Se pudesse, ela assumiria o papel de fera dos mares naquele momento.

Athos observava a tudo sentado e atônito.

– Pelo jeito, outro cientista vai ser expulso da Corporação – riu Dr. Sousa-e-Silva para o seu arqui-inimigo, que bufou de novo.

Assustada, Dagmara, que acompanhara tudo, chamou a filha. Queria ir embora. A fera do mares chegara, mas ninguém parecia amedrontado. No entanto, as mãos da dona da sorveteria estavam geladas.

– Jana, onde você estava? O que houve?

– Depois eu explico, mãe... A história é bem complicada... A fera do mares já chegou, né?

– Parece que não há fera dos mares... É um tipo de peixe... Minha filha, não estou entendendo mais nada!

– Sério? Então, se não há perigo, a senhora não precisa mais vender a sorveteria.

– Tem razão, filha... Mas, vamos! Vamos! Quero ir logo embora daqui!

Quando, porém, passaram junto ao aquário trazido por Athos, Dagmara escutou exclamações que não condiziam com a fama da fera dos mares, para ela, males, e reforçavam o que havia dito Dr. Sousa-e-Silva.

– Que peixe estranho!

– Mas não parece feroz...

– É grande, porém não tem nada de monstruoso.

– Concordo. De fera não tem nada...

– E estas escamas que refletem?

– Que inusitado, não?

Não resistindo à curiosidade, a dona da sorveteria olhou para o aquário e as escamas do peixe refletiram sua face surpresa como se fosse um espelho. E não, a fera dos males não tinha nada de assustadora mesmo...

– É bonitinho, *visse*... – balbuciou antes de escapar de toda aquela bagunça.

Duas semanas depois.

Athos brincava com o porta-guardanapo em uma das mesas da sorveteria de Dagmara. Mirou o relógio ansioso. Ainda faltavam dez minutos para o combinado.

Ao se voltar para a porta de entrada, Isabela e Linda apareceram. O rapaz sorriu.

Isabela cumprimentou Athos com dois beijos no rosto. Linda fez um discreto aceno com a mão.

– E aí, como vocês estão? – ele perguntou.

– Que coincidência a gente se esbarrar aqui! – disse Isabela, sorrindo. – Temos novidades para contar! Seremos efetivadas na CPEM assim que acabarmos o curso!

– Dr. Alberto Carvalho Jr. decidiu investir pesado no projeto do nosso dessalinizador de baixo custo – acrescentou Linda. – Mas, apesar de tudo, você também será efetivado, né? Ficamos sabendo hoje à tarde...

– Sim, sim! Voltarei para a CPEM a partir da semana que vem. Dr. Alberto Carvalho Jr. me ligou hoje. Acho que trabalharemos no mesmo laboratório...

– Não – disse Linda, cortando o ânimo do futuro novo cientista da CPEM. – Exigi um só pra gente. Não quero ninguém atrapalhando por perto...

– Mas ainda vamos continuar nos encontrando pelos corredores durante o estágio – relembrou Isabela, amenizando o tom da conversa. – Se bem que ficaremos meio sozinhos nos próximos meses...

– Por quê? – Athos não entendeu.

– Linda foi aprovada para um intercâmbio na Austrália.

A amiga se restringiu a fazer um pequeno gesto de cabeça, concordando:

– Dentro de um mês viajo. Mas quando voltar retornarei ao meu estágio na CPEM. Enquanto estiver fora, Bela vai adiantando as pesquisas. E de lá, é claro, também posso ir cuidando de algumas coisas... – depois completou, mudando de assunto – E você? Já matou seu espécime?

– Ai, que horror! – reclamou Athos. – Não, não! Ele está muito bem no aquário e logo, logo meu peixe-espelho vai voltar ao mar. Estamos montando um plano de monitoramento para tentar encontrar outros exemplares na costa. Quem sabe em algum recife artificial encontramos outros exemplares? A questão agora é conhecê-lo com mais detalhes para preservá-lo. Não temos notícias de peixes iguais na costa da América Latina. Pode ser que ele seja de um tipo raro ou já esteja em extinção.

– Que pena... O peixe-espelho se tornou uma verdadeira celebridade – brincou Isabela.

– Alguns ainda insistem em chamá-lo de *a fera dos mares* – riu o rapaz. – Esta história chamou a atenção de todo mundo mesmo.

– E Dr. Sousa-e-Silva como ficou? – inquiriu Linda.

– Apesar da confusão, ficará obrigatoriamente afastado por cinco anos. Só poderá retomar à CPEM depois disso. Mas me disse que não sabe se tentará voltar... – Athos tomou um ar triste. – Quer dar um tempo agora, viajando. Embarcou ontem para a Argentina, onde passará alguns dias com uma sobrinha-neta. Eu é que sentirei falta daquelas maluquices dele...

– Seu ex-supervisor é literalmente incrível, *visse*? – sorriu Isabela para descontrair o clima. – Já o nosso...

– Quero mais que Dr. Pereira morra afogado! Seja, se possível, devorado por um tubarão! Quiçá abraçado mortalmente por um polvo gigante!

– *Vôte*, Linda! – reclamou Isabela. – Os advogados da CPEM já estão cuidando do processo...

– Se dependesse de mim, fazia daquele animal uma moqueca! – asseverou com muita raiva a estagiária.

– Quem falou em moqueca? Em breve, vai ter moqueca aqui! – Era José, o pescador, que entrava na sorveteria com algo embrulhado em jornais debaixo do braço.

Dagmara apareceu, vinda da cozinha:

– José?! Já ficou pronta? Oi, meninas! Tudo bom?

– Tudo – responderam em coro.

O pescador desembrulhou o pacote. Era a nova placa, feita em madeira, com o novo nome do estabelecimento: *Restaurante e Sorveteria Peixe-Espelho*.

– Minha morena, já que você decidiu ficar e investir no seu cantinho, mandei o artesão caprichar. Mereço ou não mereço...

– Não merece nada, não! – cortou a dona da sorveteria, que se transformaria também em dona de restaurante. – Obrigada pelo favor, José! Mas vá cuidar das suas redes de pesca, *vá*!

– Deixe antes eu ajudar a pôr a placa...

– Tá... – limitou-se a responder a ex-mulher do pescador, puxando uma cadeira para que José trocasse a placa da parede.

– Ah, a partir de amanhã teremos, além dos tradicionais sorvetes e picolés, pratos de frutos do mar e comidas regionais, como cuscuz, macaxeira, charque, carne de sol, caldeirada, pirão de peixe, marisco, camarão...

– Camarão não... – estremeceu Athos.

Isabela riu. Linda balançou a cabeça em negativa. Voltando-se para Dagmara, a estagiária perguntou simpática:

– E como vai a sua filha? Sou muito grata a ela por aquele dia.

– Já, já ela está descendo.

– Mas, Athos, por que você está aqui sozinho? – quis saber Isabela.

– Tá ainda procurando uma galega? – ironizou Linda, se intrometendo.

– Estou pronta, Peixinho! Não falei que eram só quinze minutos?

Athos riu, se levantando.

– Já encontrei! – afirmou bastante seguro.

Chegando do interior da sorveteria, Janaína fechava a bolsa. Ao se aproximar da mesa, Athos fez a filha de Dagmara e José dar uma volta.

– Esta é Jana! Minha namorada!

Em seguida, abraçaram-se, trocando um beijo cinematográfico. Ela não era loira naturalmente, mas que tinha os fios dourados, ah, isso tinha.

Linda e Isabela se entreolharam surpresas.

– Sem saliência na minha sorveteria! – bronqueou Dagmara, largando a cadeira onde José havia subido para pendurar a placa. O pescador se desequilibrou, quase caindo.

Correram para acudi-lo. Mas, depois do susto – ou dos sustos –, todos riram, aliviados.

SEVERINO RODRIGUES

A fera dos mares surgiu da vontade de criar uma narrativa de humor em que se discutisse o ecossistema marinho (sua preservação e seus mistérios) e se refletisse sobre a ética no mundo contemporâneo. Com base nisso, localizei a trama no litoral nordestino e construí esses incríveis personagens. Confesso que durante o Ensino Médio até pensei em ser biólogo, engenheiro ambiental ou oceanógrafo... Mas, acabei me tornando escritor e deixando essa tarefa para Athos, Isabela e Linda e, quem sabe, também para você, leitor. Espero que, durante a leitura, tenha se divertido muito, tanto quanto eu quando estava escrevendo. Afinal, sem humor, a vida não tem graça. E lutemos pela natureza com alegria!

BRUNO GOMES

Nasci em Arapiraca, AL, mas logo fui morar no Recife, PE, onde cresci, me formei em cursos de *design* e computação gráfica e virei ilustrador. Tive contato com uma cultura riquíssima, que me influenciou nas formas e cores que faço hoje. Morando na Praia de Boa Viagem, convivi de perto com esse clima praieiro e pude naturalmente observar as pessoas, a luz, a admiração e o temor pelo mar. Tudo isso me favoreceu para "enxergar" o litoral nordestino imaginado por Severino, cenário que tive o prazer e o divertimento em pintar.

Este livro foi composto com a família tipográfica
Chaparral Pro, pela Editora do Brasil, em junho de 2016.